DU MÊME AUTEUR

Aux Éditions Gallimard

LE PROCÈS-VERBAL.

LA FIÈVRE (« L'Imaginaire », *n° 253*).

LE DÉLUGE (« L'Imaginaire », *n° 309*).

L'EXTASE MATÉRIELLE (« Folio essais », *n° 212*).

TERRA AMATA (« L'Imaginaire », *n° 391*).

LE LIVRE DES FUITES.

LA GUERRE (« L'Imaginaire », *n° 271*).

LES GÉANTS (« L'Imaginaire », *n° 362*).

VOYAGES DE L'AUTRE CÔTÉ (« L'Imaginaire », *n° 326*).

LES PROPHÉTIES DU CHILAM BALAM.

MONDO ET AUTRES HISTOIRES (« Folio », *n° 1365*; « Folio essais Plus », *n° 67. Dossier critique réalisé par Christophe-Édouard Konaté*).

PEUPLE DU CIEL *suivi de* LES BERGERS. Extrait de *Mondo et autres histoires* (« Folio », *n° 3792*).

L'INCONNU SUR LA TERRE (« L'Imaginaire », *n° 394*).

DÉSERT (« Folio », *n° 1670*).

TROIS VILLES SAINTES.

LA RONDE ET AUTRES FAITS DIVERS (« Folio », *n° 2148*).

RELATION DE MICHOACAN.

LE CHERCHEUR D'OR (« Folio », *n° 2000*).

VOYAGE À RODRIGUES, *journal* (« Folio », *n° 2949*).

LE RÊVE MEXICAIN OU LA PENSÉE INTERROMPUE (« Folio essais », *n° 178*).

PRINTEMPS ET AUTRES SAISONS (« Folio », *n° 2264*).

ONITSHA (« Folio », *n° 2472*).

ÉTOILE ERRANTE (« Folio », *n° 2592*).

PAWANA (« La Bibliothèque Gallimard », *n° 112. Accompagnement pédagogique par Bruno Doucey*).

LA QUARANTAINE (« Folio », *n° 2974*).

Suite des œuvres de J.M.G. Le Clézio en fin de volume

BALLACINER

J.M.G. LE CLÉZIO

BALLACINER

Avant-propos de Gilles Jacob

nrf

GALLIMARD

Il a été tiré de l'édition originale de cet ouvrage
soixante exemplaires sur vélin pur fil
des papeteries Malmenayde numérotés de 1 *à* 60.

Avant-propos

Le verre de lait d'André Gide

> *... Il s'est assis sur le coffre de Lalla pour boire un verre de thé à la menthe. Lalla n'a pas peur de lui, mais elle sait que si elle ne s'en va pas, un jour il la conduira de force dans sa maison pour l'épouser, parce qu'il est riche et puissant, et qu'il n'aime pas qu'on lui résiste.*
>
> J.M.G. LE CLÉZIO, *Désert*

Je me rappelle très précisément comment je suis devenu accro à la littérature.

En ce temps-là, j'étais très jeune et je vivais chez mes parents, rue de Villersexel à Paris, dans le VIIe *arrondissement. C'était peu après la Libération, je commençais ma première au lycée Louis-le-Grand. La France manquait de tout mais pas d'activités artistiques, au contraire. Les films américains, bloqués pendant cinq ans, déferlaient sur la France libérée et Saint-Germain-des-Prés allait devenir le centre nerveux de la philosophie, du jazz et du snobisme. Jusqu'en seconde, j'avais été un élève assidu et discipliné mais je me contentais d'assurer le service minimum. Les auteurs au programme rassasiaient ma curiosité, et mon appétit de lecture n'allait pas jusqu'à explorer la bibliothèque de mon père. Certains livres illustrés sur papier vélin, reconnaissons-le pas tous coupés, comme* Les Chansons de Bilitis *de Pierre Louÿs, auraient pourtant suffi à stimuler l'ardeur juvénile d'un garçon de mon âge. Mais il y avait aussi, fièrement reliés, tout Maupassant, tout Flaubert, tout Mérimée, tout Daudet. Tout, c'est beaucoup. C'est trop. C'est alors qu'entre en scène notre professeur de français-latin-grec, M. Billot, l'homme qui murmurait à l'oreille des élèves.*

Quand Haydn composait, il s'habillait toujours de manière très formelle et mettait une perruque poudrée, raconte aujourd'hui Murakami. C'était précisément le genre de M. Billot quand il donnait son cours, le genre que Balzac aurait passé dix pages à décrire. Emmitouflé dans une houppelande à larges carreaux qu'il quittait rarement, masquant sa gorge d'un coquet foulard, M. Billot se délectait à haute voix du début de Paludes *dont il nous faisait profiter :*

À six heures entra mon grand ami Hubert ; il revenait du manège.

Il dit : « Tiens ! Tu travailles ? »

Je répondis : « J'écris *Paludes.* »

M. Billot lisait si bien que nous étions sous le charme et que le silence qui suivait sa lecture faisait encore partie du plaisir. Après, nous courions chez Gibert Jeune, boulevard Saint-Michel, demander des Gide d'occasion qu'ils ne détenaient pas.

Depuis cette période, depuis ma découverte des Caves du Vatican, *Gide était devenu l'une de mes idoles. L'autre, c'était Orson Welles dont le* Citizen Kane *faisait courir le*

Paris cinéphile. Je balançais, comme je l'ai fait toute ma vie, entre littérature et cinéma. Tantôt le cinéma l'emportait, avec son sens de l'action, son immédiateté, ses émotions puissantes. Tantôt c'était la littérature : la finesse psychologique, l'introspection, le style, le bonheur d'écrire — passer une matinée entière à mettre un point-virgule et l'après-midi à l'enlever.

Je ne crois pas qu'il existe encore une photo de cette soirée unique, mais je les ai vus ensemble. Je les ai vus se serrer la main ! Welles et Gide. Cocteau, ce soir-là, était présent lui aussi. Nous ne devons plus être très nombreux à avoir assisté à cet événement. Alexandre Astruc, peut-être... Avec Gide, ce fut ma seule rencontre.

J'étais à l'âge où être vu avec sa mère est embarrassant. Pourtant, nous assistions, elle et moi, à une présentation de film dans un ciné-club où je m'étais inscrit. C'était la première mondiale du Macbeth *d'Orson Welles à la Maison de la chimie, rue Saint-Dominique, à l'endroit même, je le saurais bien plus tard, où de jeunes résistants avaient été condamnés à mort par une cour martiale nazie, en 1942...*

Il faisait un froid de loup. Welles était venu dire quelques mots, et Cocteau avait tenu à le présenter. Orson répondit de sa voix qu'on aurait dite faite pour déclamer Shakespeare. Comment me douter que j'allais devenir l'ami d'Orson, Orson déjà immense, le corps pas encore alourdi par l'abus de ce lard de jambon dont il raffolait ? Il m'apparut mirobolant, tel qu'on l'a toujours connu sur l'écran dans Citizen Kane, La Dame de Shanghai *ou, plus furtivement, dans* Le Troisième Homme. *Welles, avec ses grandes enjambées, sa posture d'enfant prodige, son regard rieur et son nez ridiculement petit, comme l'empreinte d'une vulnérabilité enfantine qui le rendait si attachant.*

Gide, donc, était là, entouré, fêté, courtisé. Il était escorté de Dorothy Bussy, sa traductrice aux bouclettes bleutées, qui jouait au bridge avec mon père. Visage parcheminé, Gide était devenu, à près de quatre-vingts ans, ce vieux monsieur frileux enveloppé d'une cape en loden brun, la tête sous un béret, et je le regardais, fasciné. Avec son masque allongé, ses poches sous les yeux, son visage triangulaire et pâle, il me rappelait M. Billot. J'ai gardé de cette soirée un souvenir si lumineux, si net, que je me demande parfois s'il s'agit bien du souvenir de Gide lui-même ou de l'image qui s'est peu à peu gravée en moi au travers de ses photographies et de ses écrits.

Voulant me faire plaisir, ma mère avait embobiné Dorothy Bussy pour que nous ramenions Gide en voiture, rue Vaneau, au numéro 1 bis. *Nous avions à l'époque une Citröen onze légère noire dont je me rappelle encore le numéro d'immatriculation, 307 RS3. C'est moi qui conduisais, je venais de passer mon permis. J'avais Gide à ma droite, la place du mort. À cette heure tardive, il n'y avait personne dans les rues qui aurait pu freiner notre équipée. Naturellement, j'imaginai le trajet le plus improbable, j'alléguai les sens interdits, j'allai à dix à l'heure tant la distance entre Saint-Dominique et Vaneau me paraissait ridicule. Gide dut s'apercevoir de la supercherie mais il ne soufflait mot. Il sentit cependant que j'étais suspendu à ses lèvres comme un plongeur en quête de perles au fond de l'océan. À la fin, il fit tournoyer sa canne entre ses genoux osseux et se pencha vers moi. Sa phrase anodine s'attarde encore dans mon esprit avec une étrange précision.*

— Et vous, monsieur, qu'avez-vous l'intention de faire ?

Je voyais bien que c'était une banalité mais j'avais Dieu dans ma voiture. J'étais incapable de formuler une pensée. Je répondis n'importe quoi.

— Plus tard, j'aimerais écrire. Ou enseigner le français.

Gide eut un hochement de tête. Je le surveillais à la dérobée. Le risque de perdre un fragment de ce qu'il allait me dire me serrait le cœur.

— Ah, c'est bien, dit-il, et ses lèvres si minces formèrent un fantôme de sourire.

J'aurais pu conduire comme ça toute la nuit, égaré dans le labyrinthe du temps et sans aucun désir d'en sortir. Hélas, nous étions arrivés rue Vaneau. Gide descendit de la Citroën avec difficulté ou plutôt Dorothy l'en tira. Puis il s'adressa à moi qui étais descendu pour le saluer et me dit d'un air pas dupe :

— Merci pour le voyage, jeune homme.

La phrase me fit l'effet d'un coup de poinçon, une de ces punte que s'inflige Lafcadio pour se punir, dans les Caves, *mais, cette fois-ci, c'était l'inverse du fameux acte gratuit.*

Alors, tandis qu'à petits pas glissés il franchissait la porte cochère et s'engouffrait dans l'immeuble sans se retourner, je regardai disparaître cette silhouette fameuse qui avait pour moi la grandeur et le mystère de la littérature.

Grâce à ma mère, j'avais touché la main du grand homme ! Le père de Lafcadio ! Gide, Welles, Cocteau, Sartre peut-être, Camus, en trench-coat, à qui j'avais osé demander un autographe dans une vente de livres : on imagine mal ce que ce déploiement de génies pouvait représenter pour un jeune homme de dix-sept ans, par ailleurs timide et mal dans sa peau, ne sachant rien de la vie et ne fréquentant que quelques camarades et quelques événements artistiques, dans sa ville natale qu'il connaissait si peu. Mais enclin à l'admiration et lourd d'une envie rêveuse : jouer soi-même un rôle, si petit soit-il, dans un domaine à découvrir. Je retrouverai ce même incendie à chacune de mes grandes rencontres pour le festival de Cannes. L'excitation était là, elle ne cesserait plus.

Ce soir-là, ma mère fut surprise de me voir revenir dans sa chambre.

— Je ne t'avais pas bien dit bonsoir, lui dis-je.

Je me jetai sur les livres de Gide que je ne connaissais pas, Les Faux-Monnayeurs, Le Prométhée mal enchaîné, *d'autres, et je tombai un jour dans son* Journal *sur cette constatation imperturbable :*

« Bu du lait. »

Combien d'années de travail pour parvenir à ce degré d'épurement ? J'en conclus rétrospectivement qu'avec moi le vieux Gide avait été plus loquace que je ne l'avais cru. C'était décidé : je serais écrivain.

Trois ans plus tard, je me rappelle très précisément comment je suis devenu accro au cinéma.

S'il faut dire la vérité, j'étais tombé amoureux de Suzanne Cloutier en la voyant dans Au royaume des cieux, *de Duvivier. Elle avait des yeux noisette, une allure ravissante de mannequin et nous étions sortis ensemble deux ou trois fois, depuis que je l'avais complimentée dans sa loge après une représentation de* La Langouste qui ne pense à rien, *au Théâtre Édouard-VII. Elle incarnait à présent Desdémone pour Orson Welles et tournait des scènes de son* Othello *à Mogador, au Maroc. L'idée même de jalousie étant contagieuse, j'en ressentis les tourments et ne pus m'empêcher d'aller la surprendre. Il se trouve que je jouais au tennis avec Doniol-Valcroze, qui codirigeait les* Cahiers du cinéma. *Il me donna une carte de correspondant à l'étranger que je conserve encore aujourd'hui et je partis interviewer Welles en passant par Marrakech. À peine arrivé, un assistant qui était prévenu me dit qu'on tourne une scène très importante, l'enterrement conjoint d'Othello et de Desdémone, une invention d'Orson qui servira de prologue au film. Si vous permettez, me dit-il, on vous réquisitionne pour être dans la foule, on n'a pas trop de figurants. J'enfile le burnous rapiécé qu'il me tend et nous filons jusqu'aux remparts. On ne m'a pas encore présenté à Welles qui est là, dirigeant ses techniciens et ses acteurs, encore couvert du maquillage du Maure de Venise qui faisait ressortir le blanc de ses yeux. Welles avait attendu « the magic hour », celle où la lumière du couchant tombe obliquement sur la pierre ocre. Autour de nous, dans ce décor grandiose, les mouettes criaillaient au-dessus des ruines, la brise marine agitait les filets de pêche et les deux cortèges de moines reprenaient leur lent cheminement sous les ordres du metteur en scène. Suzanne ne tournait pas — et pour cause — mais, couverte d'un voile blanc, elle s'avançait gravement elle aussi, pour faire nombre, comme si elle suivait son propre enterrement. Je me glissai près d'elle et lui pris la main, personne ne s'aperçut de mon manège et elle ne la retira pas.*

— Tu sais que je voulais être bonne sœur, me souffla-t-elle, sourire aux lèvres, émue tout comme moi par la majesté de la scène.

Le lendemain, à l'hôtel, je devais faire mon interview d'Orson. Je frappai à la porte de sa chambre au moment où lui et Suzanne se disputaient. Je compris qu'elle lui tenait tête : « Si tu aimes mieux la petite Betsy, lui disait-elle, il est encore temps qu'elle prenne le rôle. Ce sera la combientième ? » Il me cria d'entrer. Welles était confortablement installé dans son lit. Je fis mine de me retirer mais quand il culbuta d'un coup de pied les couvertures, je vis qu'il s'était couché tout habillé en une mystification qui lui était coutumière. Welles me demanda de l'accompagner dans un café maure où on faisait de la musique. Une sorte de fiacre nous conduisit tout près puis nous y accédâmes par une ruelle en pente. C'était l'heure de la prière et, dans la salle désertée, un petit kaouadji vint nous servir du thé à la menthe tout fumant.

— On me propose de tourner Les Caves du Vatican, *vous vous rendez compte ?*

Welles eut un rire en cascade.

— C'est René Clément qui devait le faire mais il paraît que Bella s'est fait tirer les cartes et que la voyante a annoncé que le film ne marcherait pas. L'histoire est aussi rigoureusement vraie que le kif qu'est en train de fumer ce vieil Arabe accroupi sur sa natte. C'est sans doute pourquoi on a pensé à moi

Et son rire reprit.

— Pour Lafcadio... franchement, vous voyez William Holden en Lafcadio, sous prétexte qu'il a joué dans Sunset Boulevard *? Parce qu'il faudra tourner en anglais, naturellement. Mais ne le dites pas dans votre journal, on n'a pas l'accord de la fille de Gide, maintenant que lui est mort.*

Je ne l'écoutais plus. Je me demandai si Suzanne serait mieux dans le rôle de Carola ou dans celui de Geneviève de Baraglioul. Que voulez-vous, j'étais amoureux : c'est ainsi que je me rappelle très précisément comment je suis devenu accro à la vie.

Ce qui est moins connu, c'est que le lendemain, dernier jour de tournage, Suzanne ne se présenta pas à la petite fête qui suivit. J'appris qu'elle était partie dans le désert, cette nuit-là, sans donner signe de vie. Une écluse en elle avait-elle cédé ? Qui ou que fuyait-elle ? Les journaux étaient pleins à l'époque de l'entrée en Corée des troupes chinoises. On fit silence sur cette disparition.

— Quand comprendras-tu, me dit ma mère une fois rentré, qu'une femme est imprévisible ?

Suzanne ne réapparut que deux semaines plus tard, à Londres, où elle finit par épouser Peter Ustinov.

Je pense à cette soirée à Mogador où nous jouions sans rien dire. Elle était la femme du Maure de Venise ; j'étais Iago. Sa chevelure claire brillait comme une couronne dans la lueur du soir. C'est la première fois que j'en parle.

Gilles Jacob

Ballaciner

tomber du ciel
de nu a ge

en nuage

au milieu des

é c l a i r s

Claire dans la nuit, autour de la terre errante, sa lumière vient d'ailleurs

Vingt-cinq siècles après le poème du Grec Parménide, le cinématographe réinvente la question. Cette lumière d'ailleurs qui éclaire l'écran, comme celle que reflète la lune, a besoin de la nuit ; l'astre est semblable à un disque, à un miroir, ou plutôt à une lentille, n'est-ce pas lui qui a inventé le projecteur, ou la camera obscura, en projetant sa propre image à travers les interstices des feuilles des arbres ? Le faisceau de lumière qui s'inscrit sur l'écran ne devait-il pas avoir la forme d'un cercle, si l'on n'avait décidé (sans doute par contagion du rectangle des tableaux) de le rectifier au moyen d'un cache ? Et la caméra, le projecteur, ces machines inventées pour nous restituer une lumière d'ailleurs, n'ont-ils pas restitué la qualité même de cette lueur lunaire, trop blanche, trop contrastée, la lumière nocturne, pour que nous puissions vivre notre vie rêvée dans la chambre noire des salles de ciné, loin, si loin de la réalité ?

D'emblée tout s'est joué dans cette équivoque entre le réel et l'inventé, entre ce qui se vit et ce qui s'imagine, entre ce qu'on croit et ce qu'on désire. L'arroseur arrosé des frères Lumière a fait rire car on le voyait de loin, qu'on se croyait sauf (au sec). Henri Bergson a trouvé dans le cinéma les preuves de sa théorie sur le rire : aucun autre genre ne pouvait lui donner la certitude de la mécanique, et que, comme toute mécanique, celle-ci pouvait être indéfiniment remontée et jouée, chaque fois avec le même succès. La répétition, l'insistance, la simplicité du piège fonctionnaient, et le rire qui jaillissait prouvait que nous étions en retrait, de simples spectateurs.

Lumière d'ailleurs : que ce mot de « lumière » soit associé au cinématographe, à son histoire, voilà quelque chose de surprenant. La lumière existe avant le cinéma. Elle est l'expression de l'existence. Elle brille dans le passé le plus lointain, au fond des grottes d'Altamira, sur les parois où de lointains parents ont peint des figures que le mouvement des torches devait animer, troupeaux de bisons, antilopes, guerriers masqués, chasseurs brandissant leurs sagaies.

Lumière électrique, soit ! Le cinématographe balbutie avant l'utilisation de la lampe à filament. C'est la lanterne magique du XIXe siècle, celle que décrit Proust dans les premières pages d'*Un amour de Swann*, qui reprend inlassablement l'histoire de Geneviève de Brabant, celle dont parle Ingmar Bergman dans *Laterna Magica*, qui fut son initiation au monde des images. Ou celle que je regardais, enfant, dans le couloir de ma grand-mère, qui fonctionnait avec une lampe à huile, et dont des images colorées et pâles peintes sur des lames de verre me faisaient voir des scènes des fables de La Fontaine ou des contes de Perrault.

Il manquait le mouvement, c'est-à-dire la vie. Le phénomène de la rémanence rétinienne était connu depuis toujours. Enfant, j'en ai fait l'apprentissage grâce au merveilleux livre de Tom Tit (*La Science amusante*), qui permettait d'improviser avec une soucoupe et un rond de carton percé d'une meurtrière le carrousel où je faisais galoper un cheval ou courir une silhouette humaine. À Angkor, dit-on, les princes khmers faisaient de même en observant la marche des éléphants de pierre par la fenêtre de leur carrosse. Ne faut-il pas revenir à la pensée grecque, à toutes ces interrogations sur la réalité du mouvement, du vol des oiseaux, du galop des chevaux qui sont des variantes de la flèche de Zénon ? La photographie puis le cinématographe ont apporté un commencement de réponse. Mais ont-ils résolu la question du temps ?

L'Arrivée d'un train en gare de La Ciotat, La Sortie des usines Lumière tout d'un coup ne posent plus la question. Ces images animées affirment la réalité, la posent définitivement, brutalement, comme un principe. Le mouvement de la vie devient une donnée. Le spectateur ne raisonne plus. Il ne prend plus son recul, il ne cligne plus des yeux. Il a peur, il est émerveillé, il rit, il s'oublie. Le cinéaste Robert Bresson se souvient de l'effet du cinéma, pour son premier public : « Ce qui nous étonnait, raconte-t-il, c'étaient les arbres, parce que les feuilles bougeaient. »

Dans l'un des tout premiers films jamais gravés par le cinématographe, Louis Lumière filme son frère Auguste en famille, dans le jardin, en train de donner la becquée à son enfant. Cela s'appelle *Le Goûter de bébé.* Au fond du jardin, les feuilles des buissons bougent dans la brise. Cent ans plus tard, nous éprouvons le même émerveillement, devant cette scène banale, comme si c'était un de nos propres souvenirs, et que nous allions ressentir le passage de la brise dans le jardin, entendre les bruits de la cuiller heurtant l'assiette, les rires, les mots doux des parents.

J'aime bien la métaphore lunaire. Est-ce à cause de la qualité de la lumière du cinéma que je regardais dans mon enfance, cette lumière pâle, perlée, granuleuse, un peu grise, ou au contraire trop brute, lumière sans chaleur aurait-on dit, apte à faire surgir les rêves et les fantômes ? La lune est l'astre des songes, son disque est un miroir d'argent, ou peut-être une lentille, ou encore ce miroir convexe qui reflétait le faisceau de la lampe électrique du projecteur. Telle la clarté lunaire, le projecteur renvoie une lumière qui a voyagé dans le temps avant d'atteindre la blancheur de l'écran. Ce qu'elle illumine, c'est un théâtre d'ombres, car au moment où on les regarde, malgré leur mouvement et leur vie, cette réalité, ces silhouettes d'hommes et de femmes ont cessé d'exister.

On se souvient des considérables difficultés techniques qui ont entouré l'invention du cinéma. Dans les premiers temps, on filme des scènes fixes, en plein air, ou en studio, des bouts d'essai. Difficile de voir autre chose dans ces vues tremblées, éblouies, qu'une mauvaise imitation du réel.

Parfois il en sort de l'émotion, de la drôlerie, certainement de la stupeur. Mais dans ses premiers instants, le cinéma semble voué à l'intérieur (la paroi du fond de la caverne). Dehors, il y a trop de soleil, trop de vent, peut-être trop de feuilles d'arbres qui bougent. La nuit, la vraie nuit est trop noire, et la pellicule incapable de fixer l'éclat des étoiles.

Si on veut de l'art (et il semble qu'on en veuille, de la création du Film d'Art à la fondation de la Metro-Goldwyn-Mayer), de l'aventure, de l'amour, de l'émotion, il faut extraire le cinéma de sa gangue de mécanique ingénieuse, oublier son merveilleux enfantin. Sa vérité est lunaire, elle est à la fois lointaine et familière, elle invente le réalisme, mais ne sera jamais la réalité. Ces tout premiers films racontent des intrigues, des scènes puisées dans le répertoire du théâtre et du roman. Ce qui les inspire, c'est quelque chose qui est entre le mythe et la farce. C'est ce qu'attendent les spectateurs. Du rire ou des larmes, de la peur, de la compassion.

De l'oubli peut-être. Mon père a dix-sept ans à l'île Maurice quand il apprend la ruine de sa famille, l'expulsion prochaine de sa maison natale. Il triche sur son âge pour s'engager comme volontaire dans l'armée britannique, pour aller se battre en Europe, dans une guerre dont il n'a pas idée. Pour tromper son angoisse, il va voir un des premiers films d'art, projeté dans le théâtre de Curepipe, transformé pour l'occasion en salle de cinéma. Le film s'appelle *Œdipe roi*, adapté de Sophocle. Son réalisateur est André

Calmettes. Il date de 1908. Je me suis toujours demandé à quoi pouvait ressembler ce film, le rôle dramatique de Mounet-Sully incarnant Œdipe aveuglé dans la touffeur de l'hiver mauricien, tandis que sur le toit de tôle ondulée du théâtre ruisselaient les ondées, et que s'accumulaient des nuages d'orage au-dessus de Moka et de la maison natale, et qu'un autre orage, bien plus redoutable, se préparait à l'autre bout du monde au-dessus de la vallée de la Marne. Il ne me reste rien de cet après-midi bouleversé. Seulement le petit carnet de mon père, qui porte cette annotation écrite au crayon, à demi effacée par le temps : « 10 décembre 1914, allé au cinéma voir *Œdipe roi.* »

La naissance du cinéma a été d'abord pour l'enfant que j'étais (comme il doit l'être aujourd'hui grâce à la télévision et aux DVD) un divertissement à la maison. Dans l'appartement que nous habitions après la guerre, ma grand-mère avait installé dans son couloir un système composé d'un projecteur Pathé Baby, d'un écran improvisé au moyen d'un drap blanc accroché au mur et de chaises pour les enfants. Le projecteur et les bobines provenaient d'une amie de ma grand-mère, nommée Gaby, qui avait travaillé toute sa vie pour les usines Pathé, et dont je parle un peu plus loin. Dans la caisse de films, nous trouvions tout. Des bobines d'actualités vieilles de trente ans, des vues de Paris et d'Ermenonville, de belles inconnues à corsages serrés et chapeaux fleuris (des amies de ma grand-mère, ou de Gaby, ou peut-être des candidates au métier d'actrice venues tourner des bouts d'essai dans le studio Pathé du Xe arrondissement), des documentaires sur l'Algérie ou sur le Grand Nord, des courses automobiles — une séquence que j'aimais par-dessus tout montrait des autos hautes sur roues qui chaviraient dans un virage, dans un mouvement si lent que leurs pilotes avaient le temps de descendre et de se mettre sur le côté. Le projecteur à manivelle permettait d'expérimenter le ralenti, l'image par image (mais il ne fallait pas trop s'attarder car la lampe du projecteur pouvait enflammer la pellicule). J'ai découvert aussi le plaisir de la marche en arrière en tournant la manivelle dans l'autre sens. La bobine du saut en parachute s'y prêtait particulièrement bien. On voyait l'homme bondir de terre, tiré par les cordes de son parachute qui ensuite se fermait, avant qu'il soit happé par la porte ouverte du biplan, volant à reculons. Je crois avoir fait, grâce à ce petit projecteur, l'expérience de toutes les techniques du cinéma, ralenti, montage, plan fixe, zoom et flou — certaines de ces expériences dues principalement à l'âge de la pellicule. Pour réparer, nous avions de la colle spéciale et des pinces à linge. Plus tard, lorsque ma grand-mère a décidé d'échanger le Pathé Baby contre un projecteur à large bobine, toujours actionné par une manivelle, j'ai découvert l'art du spectacle. Aboutant les films disparates, j'ai réalisé des films de vingt minutes environ, organisés selon un plan plus logique, regroupant les documentaires (*Les Fêtes de la victoire de 1918, La Chasse au canard en biplan, L'Invasion de la Ruhr,* les scènes de tempête ou les couchers de soleil, le chameau du Jardin des Plantes, les dessins animés, les films comiques). Lorsqu'il m'arrivait d'inviter des camarades pour ces projections, je composais les affiches qui annonçaient le programme.

Ce que je découvrais dans le corridor de ma grand-mère, c'était cette ouverture au monde qu'est le cinéma. Une fenêtre sur la vie réelle, dans le mur hostile, défensif de l'après-guerre. Ce que l'écran nous montrait avait cessé d'exister depuis longtemps, mais je ne le savais pas.

Ces messieurs à chapeau rond, moustaches en croc, œil noirci, avec leur démarche saccadée, leurs gestes exagérés, ces dames à voilette et jupes bouffantes, serrées dans leur corset, chaussées de bottines, ces visages trop blancs, trop maquillés, bouches dessinées en cœur, leurs battements de cils et regards en coin qui en disaient long, je pouvais croire qu'ils vivaient encore, qu'ils habitaient ces villes, ces pays, de l'autre côté du mur — sans doute les derniers éléments de cette civilisation disparue surnageaient encore, comme la De Dion-Bouton de ma grand-mère, dont les soldats allemands avaient dérobé les pneus, et qui me servait de terrain de jeux dans la cour de l'immeuble.

L'apprentissage de la machine à rêves me permettait de m'approprier cette autre réalité, plus vivante, plus drôle, et non moins insensée que celle du quotidien. Elle me donnait le sentiment d'une autre dimension, le fantastique, l'envers du décor (mais alors où était l'endroit ?), l'imaginaire — c'est-à-dire l'image, tout simplement.

Je ne suis pas allé au cinéma dans mon enfance. J'ignorais ce qu'était un « spectacle », je ne pouvais pas faire de différence entre le document et la fiction.

Mes seules références étaient les livres, plus particulièrement les dictionnaires, et plus précisément encore les *Dictionnaires de la conversation* en vingt volumes qui occupaient une étagère de la bibliothèque de ma grand-mère.

Ilia Ehrenbourg parle avec raison de la révolution du Pathé Baby. La révolution, c'était d'avoir permis aux familles de créer dans leur maison leur propre merveille. Dans l'ombre du corridor — nous bouchions les fenêtres avec du papier bleu qui avait servi pour le couvre-feu en temps de guerre —, sur le drap blanc je voyais s'animer ces images tremblotantes, un peu fantomatiques. Notre grand film, c'était justement *Haunted Spooks* (*Le Manoir hanté*) de Harold Lloyd, et je me souviens d'avoir eu peur autant que d'avoir ri, devant ces guéridons qui marchaient tout seuls. Dans les dessins animés, l'ogre armé de son grand couteau qui palpe les têtes de ses filles avant de les égorger me donnait un délicieux sentiment d'épouvante incrédule. C'est là, au cours de ces projections, que j'ai éprouvé pour la première fois l'émotion esthétique. Pendant longtemps, cela m'a suffi, et je n'ai pas eu besoin d'autre chose.

Ailleurs, au monde, le cinéma existait. Il avait fait des bonds en avant prodigieux. On filmait de loin, de près, du pathétique, du grandiose, les acteurs parlaient, chantaient, la musique soulignait les scènes poignantes, les gags, les baisers amoureux. Des stars étaient apparues, elles avaient disparu.

Mais pour moi, encore le corps à moitié dans la guerre, tout était dans ce bout de corridor, avec ces films cassables et inflammables, à tourner la manivelle en écoutant son bruit de crécelle, jusqu'à en avoir mal au poignet. Obligé de faire la mise au point en tournant la lentille, de réparer une cassure, de réamorcer en faisant courir la pellicule sur ses six poulies à ressort.

C'était l'enfance, la mienne et celle de l'art. Dès que je suis sorti de ce corridor, et que j'ai compris quelle distance me séparait de la réalité, le charme a été rompu. J'avais besoin d'autre chose, plus vaste, plus bruyant. Le spectacle collectif. J'ai rangé le vieux projecteur dans un carton, avec les bobines de film. Je suis allé au cinéma.

INTERMÈDE 1

Gaby la Monteuse

était née dans la fin des années 1880, et devait avoir une douzaine d'années en 1901 quand Charles Pathé, après de multiples aventures, décida d'ouvrir ses usines de Vincennes et de Joinville pour y produire en grande quantité les films destinés aux salles de cinéma. J'ai bien connu cette femme à la fin de sa vie, à Nice, où elle survivait d'expédients (car les ouvrières de ce temps-là ne bénéficiaient d'aucune pension), restaurant des tableaux, peignant des abat-jour. C'était une femme originale, restée célibataire, dotée d'une grande beauté et d'un caractère difficile. Elle était l'artiste dans la famille de ma grand-mère (une lointaine cousine, je crois), indépendante, insouciante — elle avait été surnommée *Cigalou* à cause de son manque total de prévoyance. Je l'aimais bien. Elle vivait avec sa sœur entourée d'une meute de chats à moitié sauvages, dans le sous-sol d'une villa décrépite où j'allais la voir. Je savais qu'elle avait travaillé dans les ateliers de montage Pathé à Vincennes, mais je n'ai jamais eu la curiosité de la faire parler sur ses souvenirs. Du reste, elle ne m'y aurait pas encouragé. Elle détestait bien sa jeunesse, et n'appréciait pas davantage le caractère radoteur des gens âgés. C'est par bribes, par ce que j'avais entendu dire autour d'elle, que j'ai su un peu de son passé cinématographique. Tout cela n'était pas indifférent. Beaucoup d'enfants, et même d'adolescents, ne voient du cinéma que le film projeté sur l'écran. Au mieux, ils s'intéressent aux acteurs, aux actrices, lisent les potins du show-biz dans les magazines spécialisés. Grâce à Gaby, à la sorte de légende qui l'entourait, j'ai su très tôt qu'il y avait un monde caché derrière l'écran, un monde d'ouvriers, de techniciens, dans les coulisses, qui s'occupaient du décor, qui révélaient, peignaient, retouchaient les photos, coupaient et collaient la pellicule, préparaient les sous-titres ou les génériques.

Gaby a dû entrer très tôt aux usines Pathé. Un drame dans sa famille avait fait d'elle et de sa sœur quasiment des orphelines, totalement démunies et sans aucune préparation. Il leur fallait travailler. L'une jouait du piano, parlait anglais. L'autre savait dessiner, peindre. C'est celle-là qui trouva du travail, comme monteuse, maquettiste, coloriste. Elle est entrée autour des années 1910, et a dû quitter l'usine Pathé quand celle-ci est passée sous la direction des frères Natan, dans les années 1930. Vingt ans à travailler dans le monde du cinéma, sans aucune gloire, sans avoir laissé aucune trace. Je peux imaginer les kilomètres de films en tout genre qui sont passés entre ses mains. De cette époque proviennent tous les films que j'ai vus dans ma petite enfance, projetés chez ma grand-mère sur un écran improvisé, au moyen du célèbre projecteur Pathé Baby, commercialisé par Charles Pathé en 1920. Étaient-ce des chutes ?

Ou bien Gaby avait-elle, en tant qu'ouvrière, la possibilité de prendre des échantillons, ou d'acheter à meilleur prix les bobines ? Dans ces caisses de films où nous puisions chez ma grand-mère — Gaby n'avait jamais eu les moyens de posséder un projecteur — il y avait tout le meilleur et le pire de l'époque héroïque, les films comiques, les pitoyables Rigadin (*Rigadin et la jolie manucure, Le Mariage de Rigadin*) ou Beaucitron (*L'Inventeur, Le Biberon de bébé*). Des documentaires, des dessins animés (*Le Petit Poucet, Les Fables de La Fontaine,* et un dessin animé très original, *Les Déboires d'un piéton,* montrant un passant pourchassé par une voiture jusque dans les escaliers d'un immeuble).

Certains de ces films portaient de toute évidence la marque de Gaby. Elle n'en avait jamais fait état devant moi, mais je savais que ces images montrant un papillon sortant de sa chrysalide (prouesse du film image par image) ou une fleur de camélia en train de s'ouvrir avaient été coloriées par elle, une image après l'autre, ce qui représentait pour un film d'une minute et demie environ 2 000 coloriages au pinceau, à travers une loupe grossissante.

Gaby avait vécu cette histoire à la grande époque de l'usine de Vincennes, qui, à ce que raconte Charles Pathé lui-même, ressemblait à une ruche avec un millier d'ouvrières, impressionnant chaque jour jusqu'à 40 kilomètres de film, par équipes doubles. Je pouvais l'imaginer, jeune fille très parisienne, vêtue de son tablier, ses cheveux blonds relevés en chignon, appliquée à ce travail de précision, dans le brouhaha de l'atelier. Sa vie s'est confondue avec celle de l'usine, et d'une certaine façon avec l'histoire du cinématographe depuis son invention. A-t-elle visité les studios où Charles Pathé tournait ses films ? A-t-elle croisé les acteurs et les actrices de l'époque, Grétillat et Desfontaines, Leprince, Monca, Michel Carré, peut-être Louis Feuillade et sa troupe, Renée Carl, Yvette Andreyor, Jeanne-Marie Laurent... et, pourquoi pas ? Georges Méliès et le prodigieux homme à tout faire des studios Pathé, Max Linder ? Sans doute a-t-elle aperçu les réalisateurs de l'époque, Zecca en premier, qui fut l'un des soutiens des studios Pathé, Albert Capellani qui dirigea avec Gugenheim la Société cinématographique des auteurs et gens de lettres, ou encore Alfred Machin qui réalisa les tout premiers documentaires sur l'Afrique. Elle avait dû entrevoir sans qu'il la remarque — une simple jeune fille aux grands yeux, coiffée à la manière de Claudine à l'école —, dans les allées et venues de l'atelier de Vincennes, le vieux Charles Pathé en personne, un monsieur toujours courtois et élégant, vêtu d'un complet gris strict et coiffé d'un chapeau melon, assez semblable dans sa bonhomie à l'humoriste Alphonse Allais.

Sans doute avait-elle été distinguée pour son talent de dessinatrice, puis qu'elle se retrouva à Nice pour travailler dans les studios que la maison Pathé venait d'y ouvrir, à la fin des années 1910. De ce séjour elle avait dû parler, puisque je sais que pour elle cela avait été le moment de bonheur de sa vie. Pour ses techniciens, la maison Pathé avait loué une série de petites villas construites à l'emplacement des anciens remparts, le long de la Promenade des Anglais. Chaque matin, avant d'aller travailler, en hiver comme en été, Gaby sortait de chez elle, traversait la Promenade et prenait un bain dans la Méditerranée. À Nice, elle avait dû rencontrer sur les plateaux le cinéaste Romeo Bosetti, le spécialiste français des courses-poursuites, auteur des *Casimir* et des *Little Moritz*, sombrés dans l'oubli.

La vie a bien changé. Aujourd'hui, la Promenade est encombrée de voitures, la plage semble inaccessible et surpeuplée, et les studios de la Victorine, après un temps mort, ont du mal à reprendre. Mais chaque fois que je passe devant ces petites maisons de la Promenade — certaines ont gardé un peu du charme désuet de la Belle Époque — je pense à Gaby marchant en peignoir jusqu'à la plage de galets, et nageant dans la mer très bleue face au soleil. C'est une image parfaite, celle d'une femme libre, gagnant sa vie toute seule, grâce à son art, travaillant en toute modestie à l'avènement d'un art qui allait devenir universel.

Gaby a-t-elle cherché à réaliser elle-même des films ? Elle a dû, à un certain moment de sa vie, quand elle travaillait à Vincennes, disposer d'un appareil de prise de vues et s'essayer à des ébauches. Restent quelques films qui montrent la maison de ma grand-mère à Paris, des scènes de famille filmées à Ermenonville, et les seules images de la jeunesse de ma mère. Une ébauche de gag où l'on voit les fox-terriers de ma grand-mère sauter et danser sur place à la manière de chiens de cirque ! Gaby était parfaitement capable de devenir réalisatrice de films. Elle connaissait la technique, elle avait fréquenté les plateaux et, surtout, elle était dotée d'une imagination fertile et d'un sens artistique certain. Mais l'époque ne s'y prêtait guère. Les femmes sont remarquablement absentes de la première histoire du cinéma. L'audace de Gaby aura été de mener cette vie indépendante, sans rien devoir aux hommes — jusqu'au bout. Elle est décédée dans les années 1980, dans une autre petite maison près de la mer, dont elle occupait une chambre mansardée au dernier étage. Quelques jours avant sa mort, victime d'une chute, elle s'inquiétait de ce qu'elle ne pourrait pas se déplacer pour aller voter. « Il faut penser à l'avenir », disait-elle.

Les dieux,

ce sont eux qui ont présidé à la naissance du cinéma, et leur légende retentit encore au panthéon de l'art. Ils ont tout inventé, avec une audace telle que leurs idées et leurs techniques sont toujours vraies aujourd'hui. Il est possible en 2007 de regarder une copie usée, tressautante, rayée de cicatrices de la *Jeanne d'Arc* de Carl Dreyer, de *La Ruée vers l'or* de Charlie Chaplin, de *Nanook of the North* de Flaherty, ou du *Voyage dans la Lune* de Georges Méliès, et d'être émerveillé, captivé, secoué par le rire ou par l'émotion, jusqu'aux larmes. Ce n'est pas une question de culture. Cela n'a rien à voir avec le fait d'être ou de ne pas être *cinéphile* (ce club étrange). Un enfant, un adolescent qui ne serait jamais allé au cinéma — peut-être existe-t-il encore, non pas au cœur de l'Amazonie ou à Bornéo, mais plutôt au sein d'une communauté de mennonites à Nueva Alsacia, au Mexique — ressentirait certainement la même émotion que les premiers spectateurs devant le miracle des images qui s'animent.

Le cinéma est le seul art qui dépend uniquement de l'électricité. Il a accumulé en moins d'une centaine d'années un extraordinaire capital d'inventions, de perfectionnements, d'expériences. Cela pourrait être un poids excessif. Réalisme, symbolisme, expressionnisme, fantastique, érotisme, junkie, nudie, horreur, cinéma-vérité et docu-fiction, film à sketches, à gags, à thèse, à thème, série télévisée, soap opera, film publicitaire, film de propagande, clip, comédie musicale, road-movie, psychodrame, collectif, anonyme, porno, tout a été fait, tout a été dit, le meilleur avec le pire, l'art et la bouillie.

Gilles Jacob le dit dans un entretien, à l'occasion du cinquantième anniversaire du festival de Cannes, le temps où on croyait tout savoir du cinéma est révolu. Au début du XXe siècle, quelqu'un qui s'intéressait au cinéma, qui travaillait dans ce milieu — ma vieille amie Gaby, monteuse chez Pathé, que je viens d'évoquer —, pouvait connaître l'essentiel. Quelques dizaines de courts métrages comiques de Max Linder, de Beaucitron, de Rigadin, un peu plus de documentaires d'« actualité » ou de voyages, une poignée de films d'art. Les acteurs, les réalisateurs (c'était souvent la même personne) évoluaient d'un studio à l'autre, d'un pays à l'autre en raison de leurs contrats. Max Linder tourne aux États-Unis, Mosjoukine en France, Lubitsch en Allemagne, Buñuel au Mexique. L'impression qu'on pouvait avoir alors était celle d'une grande liberté, d'une extrême inventivité.

Aujourd'hui, le cinéma est d'abord une industrie — selon la définition qu'avait donnée André Malraux —, Ilia Ehrenbourg dira avec plus d'élégance « une usine de rêves ». La production mondiale se compte en milliers. L'Inde réalise un film par jour, l'Égypte, la Chine probablement autant. Les producteurs brassent des milliards à travers le monde. Après le port pétrolier de San Pedro, c'est Hollywood qui fait vivre l'État de Californie. Il est sans doute possible aujourd'hui, à défaut de tout lire, d'être au courant de la production littéraire mondiale. C'est totalement impossible pour la production cinématographique. Enfin, la culture par l'image tend à remplacer toutes les autres formes. On peut le déplorer, ou s'en réjouir. On ne peut le nier. La vision fulgurante de Charles Pathé lorsqu'il créa en association avec François Dussaud en 1901 sa célèbre maison de production est déjà réalisée : « Le cinéma sera le théâtre, le journal, et l'école de demain[1]. »

En vérité, la question que je voudrais poser (à chaque réalisateur, mais elle se pose aussi pour le spectateur) est : pourquoi le film plutôt que le livre ? On objectera que le choix ne se présente peut-être pas de façon aussi nette, qu'il s'agit de deux modes d'expression radicalement différents — pour ne pas dire à l'opposé l'un de l'autre. Pourtant, il a bien fallu prendre, au moment de passer de la rêverie, ou du désir, à l'accomplissement, une décision. Le cinéma s'inspire du roman, ou du poème (Godard part de *Capitale de la douleur* de Paul Éluard, Pasolini, ou Bergman, des écrits du marquis de Sade, Fellini de Boccace). Les films ont souvent inspiré les romanciers ou les poètes, directement ou indirectement. Il y a du Chaplin dans le *Plume* de Henri Michaux, du Fritz Lang dans Aldous Huxley et du Huston dans Vernon

1. Charles Pathé, *De Pathé Frères à Pathé cinéma*, Serdoc, Lyon, 1970.

Sullivan. Et le mot « Rosebud » qui hante *Citizen Kane* d'Orson Welles résonne dans le roman gothique *The Shining* de Stephen King, le fameux *All work and no play makes Jack a dull boy* (en français : un tiens vaut mieux que deux tu l'auras) — à moins que ce ne soit l'énigme posée au vieillard dans son rêve de jugement, dans *Les Fraises sauvages* de Bergman.

C'est une relation qu'il faut accepter, même si elle ne plaît pas à tout le monde : la réalité que nous voyons, que nous côtoyons, est à chaque instant modifiée par les images passagères de l'écran. Dans *L'Attrape-cœur*, le monument de J. D. Salinger à la culture new-yorkaise, le jeune Holden Caulfield prend et rejette au même instant ce flux d'images, ce flot virtuel qui envahit sa ville, son cerveau, et lui donne l'impression de vivre dans la peau d'un personnage de ciné, complètement *phoney* et décérébré.

Donc, il faut choisir : écrire, ou filmer?

Certains ont fait les deux : Malraux est cinéaste et romancier, Colette s'y est essayée, Bergman oscille entre théâtre et cinéma, et plus récemment, c'est le cas du cinéaste coréen Lee Chang-dong. Lorsqu'on lui pose directement la question, ce dernier reconnaît que pour lui ç'a été avant tout une question d'efficacité. Le roman, le théâtre, ont un public restreint. Par le cinéma, on touche plus de spectateurs, on a le sentiment d'être en prise directe. Cela a un sens lorsque l'on identifie la création à un combat (en vue de la justice, d'une réforme des institutions ou des mœurs). Mais est-ce vraiment la raison d'être de l'art?

L'efficacité du cinéma vient de son immédiateté.

Cette image mouvante, ces personnages qui incarnent les idées ou les obsessions du réalisateur, qui expriment la poésie, les drames humains, les désirs, l'innocence, ils sont au moment où je les vois le présent. Je ne ressens pas leur distance, je ne devine pas leur éloignement. Tout au plus, certains éléments du décor, une marque de voiture, une façon de s'habiller, voire un certain langage, les situent dans un autre temps, mais l'art du réalisateur consiste à faire oublier cette distance. Lorsque je regarde un film de Mizoguchi, de Sembene ou d'Almodóvar, ne suis-je pas japonais, sénégalais, espagnol, du moins d'adoption ? Quand je suis pris par la musique du texte de Peter Handke dans *Les Ailes du désir*, ou lorsque j'écoute le bambara dans *Yeelen* de Souleyman Cissé, est-ce que je suis toujours un étranger ?

Pour moi, les arguments en faveur du cinéma sont a contrario un éloge de la littérature, dans ce qu'elle a de réservé, de subtil, de délégué. Ce que j'aime dans les livres, c'est qu'ils ne me demandent pas cet effort. Pour écrire, d'abord : point besoin de producteur, de régisseur, d'acteurs, de techniciens, de comptables, de banquiers. Il me suffit d'un coin de table, d'un cahier, d'une plume — ou d'un traitement de texte éventuellement. J'aime cette liberté de l'écriture, ne dépendre que de moi-même. Je l'aime aussi quand je lis des livres. Il me semble qu'elle est ce qu'il y a de plus brillant, de plus évident dans la littérature. Si je veux un poème, il est là, tout de suite. Si je veux du drame, ou des dialogues, de la description, du dépaysement, de l'amour, ils sont immédiatement disponibles. Il suffit de tourner les pages et de lire. Il suffit de prendre une autre feuille, et d'écrire.

Cette liberté, ce n'est pas seulement une liberté économique. Ce serait un peu facile de dire que le cinéma est une industrie, et qu'il lui faut donc des moyens. Le cinéma contemporain a montré que cet argument n'était pas définitif. On peut filmer aujourd'hui en vidéo, avec une caméra-stylo, peut-être même avec une caméra de surveillance. On peut filmer dans la rue, avant le lever du soleil, et n'avoir aucun besoin du service d'ordre. On peut filmer sans studio, sans scénario, sans musique, sans acteurs.

La liberté est ailleurs. En littérature, la liberté, c'est de s'adresser directement à la source des émotions, de la mémoire, de l'imagination, c'est-à-dire au langage. C'est peut-être là que se trouve la raison du choix dont je parlais plus haut. Le cinéma, c'est une autre façon de parler. Son langage est fait d'images, il ne s'adresse pas à la même partie du cerveau, il ne touche pas la même mémoire, ne met pas en branle les mêmes mécanismes. Dans les livres, je trouve un envoûtement, comparable à celui du chant, ou de la musique. En même temps que je suis transporté par l'histoire, ou les histoires, ou les segments d'histoire qui me sont racontés, les mots déclenchent en moi une rêverie sur le langage. Je suis touché au plus profond par cette façon de dire, par l'accent, la texture, l'intimité de la personne qui m'invite à lire. Je sens le sarcasme, l'orgueil, l'odeur, la tendresse, la chaleur qui sont dans ces mots, et au même moment, je me souviens d'autres mots, d'autres chants. Cela jaillit d'une vie brillante, d'une vie inépuisable. *J'entends un chant, je vois une fleur*, dit le poème du prince aztèque Netzahualcóyotl. *Qu'ils ne se fanent jamais !*

C'est écrit pour un autre temps, un autre monde, aujourd'hui complètement disparus, comme le peuple qui les a portés. Et cependant, il suffit que j'ouvre un livre, et c'est ma vie, mon bien, mon présent. D'un livre qui m'ennuie, je puis sortir aisément. D'un livre difficile, j'attends quelque chose, un miracle, un éclair, une illumination. Il m'a fallu longtemps pour entrer dans la *Recherche du temps perdu*, y revenir, m'y perdre, chercher la clef. Un jour je l'ai trouvée : ce n'était pas la madeleine, mais au tout début d'*Un amour de Swann*, cette longue phrase où il est question de la sonnette du portail de la maison Verdurin, qui résonne à l'arrivée de celui qui ordonne la marche de mémoire du narrateur. Cela me fait penser au haiku à propos du bruit de l'eau du torrent : *là est l'entrée.*

Ce que me donne le cinéma n'est pas moins personnel, pas moins profond. C'est différent. C'est une incantation. Une fascination. Le cinéma s'adresse à nos sens du réel, c'est-à-dire non seulement à nos stéréotypes, ou à notre mesure humaine du monde (ceci est un chapeau, ceci une femme, un enfant, ceci un vieillard, cela une scène d'amour, de poursuite, ou de douleur), mais à notre cénesthésie, à notre synesthésie. Le haut, le bas, la profondeur, le passé, le futur, le vrai, le dangereux, le répulsif, le douteux... Nous voilà donc transportés, déshabillés, enlevés, enchaînés, mais nous sommes au même instant libres, conscients, consentants — nous pouvons nous lever et claquer le strapontin, pousser la porte, sortir. C'est un état très particulier.

On dit du cinéma qu'il donne tour à tour, ou parfois simultanément, le rire et les larmes — c'étaient les deux masques du théâtre grec classique. Ce pouvoir dans des émotions contraires est sans doute ce qui définit le mieux cet art. Le rire, au cinéma, est un effet simple, sans complexité. C'est par le rire que le cinéma a commencé sa carrière. Lorsque Zukor ou Pathé installent leur étrange mécanique dans les « passages » de New York ou sur les Grands Boulevards parisiens, c'est par l'hilarité des enfants qu'ils attirent le chaland et lui font payer le droit de se rincer l'œil.

L'émotion, la compassion, la sympathie, bref ce qui vous touche et vous arrache des larmes, vous fait battre le cœur, voilà ce qui donne sa vraie profondeur au cinéma. Cela n'est pas seulement la spécialité de la tragédie. Dans les films de Chaplin, de Tati, dans les comédies douces-amères de Carné ou de Bergman, on sent cette même sorte d'inquiétude, de douleur secrète, qui entre en vous et atteint votre point le plus tendre. C'est le tour de passe-passe du cinéma : après tout, il ne s'agit rien d'autre que d'ombres passant sur une toile blanche. Même si ces ombres ont de la couleur, même si la musique ou le son qui les accompagnent résonnent par des haut-parleurs haute-fidélité, cela n'est rien d'autre qu'un leurre. Mais c'est que l'image, ou la suite d'images, s'adresse à votre mémoire, à votre imagination. Dans *Le Kid* (1920), Chaplin et Jackie Coogan, le vagabond et le gosse des rues, réveillent un trouble ancien. Une scène de rue que vous avez entrevue, peut-être, ou une image encore plus confuse, plus lointaine, un souvenir qui se rapporte à la peur que ressentent tous les enfants d'être un jour abandonnés. Dans *La Vie d'Oharu, femme galante*, de Mizoguchi, une femme erre dans la nuit, à la recherche d'un client, le visage caché sous un voile, non parce qu'elle a peur d'être reconnue, mais parce qu'elle a vieilli et que son visage peut déplaire aux hommes qu'elle aborde ; dans *La Ballade de Narayama* d'Imamura, une vieille paysanne se brise les dents à coups de pierre pour qu'on ne lui refuse plus le droit de mourir : ce ne sont pas seulement des images, ou des effets de théâtre. Cela nous parle de la cruauté générale de la condition des femmes, de l'abus, de la fatalité, cela nous touche comme si nous l'avions vécu. Car justement les images vous frappent dans l'amuïssement du langage, elles sont des coups de roche, des piqûres d'aiguilles, et la science du photographe, du metteur en scène, c'est de viser le point sensible sans que l'esprit de veille ait eu le temps de parer le coup. Au reste, va-t-on au cinéma pour parer ?

Le cinéma, c'est peut-être avant tout l'art des visages. On se souvient de l'expérience de Koulechov sur le visage de Mosjoukine ou encore la surimposition de masques animaux dans les films d'Eisenstein, ou la métamorphose de Wakasa en démon de la nuit, dans *Ugetsu monogatari* de Mizoguchi. Mais c'est surtout dans sa banalité, sa quotidienneté que le visage nous intéresse. Je me souviens d'une réflexion de

Godard disant que le seul film définitif montrerait un être humain de sa naissance à sa mort, à raison d'une image par jour, et offrirait en vingt minutes le spectacle d'un visage s'ouvrant et se flétrissant peu à peu comme une fleur.

Il se pourrait, en effet, que nonobstant la complexité et le suspens des histoires qui nous sont racontées, le cinéma n'ait pour principale raison d'être que ceci : un visage, le visage humain dans toute son inquiétante familiarité, quelles que soient son origine, sa nature, sa beauté ou sa laideur — de l'extraordinaire pureté d'Anne Wiazemsky dans *Au hasard Balthazar* au masque de souffrance et de haine de Boris Karloff dans le film de James Whale — de la lumière sensuelle de Monica Vitti dans *L'avventura* au masque de cuir marqué par la brûlure dans *Dersou Ouzala* de Kurosawa.

Un visage, tous les visages. Sur la peau des visages, nous lisons les émotions que nous ressentons au même instant, car nous nous voyons dans ce miroir. Le cinéma est sans doute la preuve de notre désir d'existence, de notre appétit de connaissance. Ce désir, il le fait naître en nous par le jeu de la conscience, en nous montrant, de l'autre côté de l'écran plat, perlé, de cette lumière lunaire, notre face, c'est-à-dire qui nous sommes, qui nous avons été. Au moment de commencer cette balade, de visage en visage, de film en film, c'est aux larmes que je pense encore. Le cinéma a en commun avec la musique de nous arracher ces précieuses gouttes, les seules vraiment salées de toutes les créatures vivant sur cette terre, à la dérobée, sans prévenir, sans qu'on y puisse résister. La culture dominante de l'Europe de l'Ouest, héritée des Francs Saliens et des Saxons, a édité dans nos esprits une sorte de code réprimant l'émotion. Au contraire des Indiens, des Latins, des Coréens ou des Africains, les larmes n'y sont pas les bienvenues. Le cinéma, dans l'ombre des salles de projection, tout à coup les accueille, les fait couler, les sollicite. Peut-être vivons-nous le début d'une révolution ?

Du rire aux larmes

On dit parfois qu'il est plus difficile de rire avec ses amis que de pleurer avec ses ennemis. Si cela est vrai, le cinéma aura donné l'exemple de la difficulté, car dans ses premières années d'existence, c'est par le rire qu'il a commencé. Cette étrange mécanique semblait faite pour la drôlerie, pour l'imprévu. Avant d'inventer le mélo, ou le suspens, le cinéma a inventé le gag. Sur l'écran blanc, les silhouettes découpées dans du papier noir marchent, trébuchent, tombent, se relèvent, se disloquent, perdent leur dignité, ou tentent de la retrouver en bloquant leur chapeau avec leur canne. Le gag s'accommodait bien du mutisme. Pas besoin de mots pour comprendre. Un piège qui fonctionne, un guet-apens, une maladresse, c'est tout de suite visible. Comme à Guignol, le spectateur se délecte d'être en retrait, et de deviner ce qui va arriver.

Mon enfance a été sous le charme de ce cinéma-là, le plus simple, le plus efficace. Et mon héros de ce temps-là (dans ce corridor de ma grand-mère auquel se limitait le monde du spectacle), c'était Harold Lloyd. Par la suite, j'ai vu les grands classiques, Max

Linder, Buster Keaton, Chaplin, W.C. Fields, Laurel et Hardy, Cantinflas. Aucun pour moi n'égale Harold Lloyd. Je n'en fais pas une affaire de snobisme, ou de chapelle. Entre les années 1920 et 1930, Harold Lloyd a joué dans quelques-uns des meilleurs films comiques de l'histoire du cinéma. Je n'ai pas connu les épisodes de Lonesome Luke, quand Lloyd n'est pas encore Harold, qu'il cherche son personnage — ç'a été le cas pour Chaplin, Linder, pour la plupart des grands acteurs du muet. Pour moi, son œuvre commence avec ce *Manoir hanté* (*Haunted Spooks*) que j'ai dû regarder cent fois, en tournant la manivelle du Pathé Baby de ma grand-mère. Je ne l'ai pas revu depuis. Je garde l'impression d'un film très long, compliqué, où le comique se mêle à la peur, il me semble même que j'entends les bruits, les portes qui claquent, les gémissements des fantômes sous leurs draps blancs, les rires devant le visage effaré et délicieux du petit Sunshine Sammy Morrison. J'ai découvert par la suite que Sammy avait à peu près l'âge de mon père, et qu'il a fait une longue carrière cinématographique jusqu'à sa mort dans les années 1970. Mais quand je regardais *Le Manoir*, je voyais un enfant à peu près de mon âge, et il me semble aujourd'hui encore qu'il est mon jeune frère, qui n'a pas grandi, dans mon souvenir il se confond avec les petits Africains avec lesquels j'ai joué autour de la maison de mon père à Ogoja. Le film date de 1920, c'est le début de la grande époque de Harold Lloyd, avec *Get Out and Get Under*, *Hot Water* (où pour la première fois Harold est debout sur le toit d'un des tramways de San Francisco, tenant une dinde dans ses bras), et surtout *Safety Last*, avec cette scène immortelle de Harold escaladant la façade du grand magasin de la Compagnie Engulf & Devore, puis restant accroché aux aiguilles d'une pendule. Mais pour moi, le chef-d'œuvre de Harold Lloyd, c'est *Girl Shy*, réalisé en 1924. Dans ce film au rythme ébouriffant, Harold est un apprenti tailleur gauche et timide, que la vue d'une jolie fille plonge dans le bégaiement. Seul un coup de sifflet de son oncle peut le sortir de son infirmité. En même temps, il rêve de devenir écrivain, et présente à un éditeur hilare le manuscrit de son « Art de faire l'amour » signé du pseudo « Un Expert ». Le hasard lui fait rencontrer la fille d'un riche industriel, elle-même courtisée par un homme qui s'intéresse surtout à son argent. Le film, d'abord un peu mièvre (mais Harold Lloyd réussit à nous faire entendre son bégaiement dans un film muet), s'achève par la plus extraordinaire course-poursuite de l'histoire du cinéma (sans trucage, sans doublure, elle vaut toutes les courses actuelles !). Harold fonce à travers San Francisco dans une voiture aux roues décentrées, sur la motocyclette d'un policier, sur un cheval lancé au galop, puis sur le toit d'un tramway sans wattman, accroché à l'antenne. Prodigieux !

Ordet,

de Carl Dreyer (réalisé en 1955), est l'un des purs chefs-d'œuvre du cinéma. La force de ses images, cette sorte d'incantation visuelle qui entre en nous peu à peu, jusqu'à nous faire perdre le sentiment du réel, est l'exemple de ce que le cinéma a pu faire dès ses débuts. Seuls l'image animée, le rythme des séquences, pouvaient détenir un tel pouvoir. *Ordet* ne comporte que très peu d'audaces cinématographiques — si on compare le style de Dreyer à celui de Lang ou de Murnau, il y a peu d'effets, peu de mouvements de caméra ou de gros plans, et aucun trucage. Le rythme est lent, la plupart des plans sont moyens, pris de façon neutre à hauteur d'homme, dans des scènes pratiquement toutes en intérieur. Le jeu des acteurs est guindé, sans expression excessive, la diction théâtrale.

Pourtant on est loin du théâtre. La lenteur, la lourdeur du rythme, l'impression d'étrangeté qui baigne le décor des scènes, cette sorte de retenue continuelle, la densité des silences, et surtout cette extraordinaire construction en noir et blanc, visages mis en évidence au centre d'une zone d'ombre, composition en profondeur, éclairée par le jour pâle d'une étroite fenêtre, tout cela nous met très près des personnages, comme si nous étions à l'intérieur de la maison du patriarche des Borgen, nous sommes aspirés au centre du drame pour y prendre part. C'est bien là toute la différence entre l'art cinématographique et celui de la scène. Dreyer a exprimé l'intensité d'un drame humain hors du commun sans avoir recours au mouvement, mais au contraire en restreignant le cadre de l'action à une sorte de huis clos. La ferme des Borgen — plafonds bas, fenêtres en meurtrières, lumière réduite au cercle éclairé par la lampe à huile — est un lieu fermé où les sentiments s'exaltent jusqu'à une sorte de folie impassible. L'extérieur, c'est la maison de Peter Petersen, l'ennemi des Borgen, et leur foi religieuse puritaine et pharisienne semble un monde de liberté et de joie par rapport au carcan familial qu'a imposé le patriarche libre-penseur. Dans cette maison fermée, fortifiée, Johannes Borgen dans sa foi illuminée paraît le seul être sensé. Sa douceur, son mysticisme enfantin sont une flamme vacillante, un feu follet dans la violence angulaire de la ferme solitaire. Seuls instants de liberté, la charrette du patriarche qui court à travers une campagne sauvage, où les hautes herbes et les roseaux plient sous le vent, et au-dessus des hommes s'étend le ciel bas et nuageux, un ciel éblouissant de vide et de froid, d'indifférence et d'éternité.

Dans la chambre de la maison des Borgen, l'accouchement de la bru (Inger, interprétée par l'actrice Birgitte Federspiel) est une des scènes les plus violentes du film, d'une violence animale qui nous fait battre le cœur, et nous fait mal, parce qu'elle est liée à la vie, à la réalité telle que la vivent toutes les femmes. Cela se passe de l'autre côté du mur, nous ne voyons rien. Mais nous entendons. Les cris, les gémissements de douleur de l'accouchée (la petite histoire dit que l'actrice était enceinte au moment du tournage, et que, lorsqu'elle a accouché, Dreyer a enregistré ses cris et ses plaintes pour le bruitage de cette scène) se mêlent au bruit du monde extérieur, aux meuglements lourds des vaches dans l'étable. Le monde réel selon Dreyer n'est pas doux, n'est pas harmonieux. Il est brutal et terrestre, il confond la mort et la vie, le fantasme et la vérité.

Dans ce chaos d'orgueil, de religion, d'intérêts, de ressentiments, deux êtres méritent d'être sauvés. Johannes, tel Jésus renié par les hommes, enfermé dans sa folie, est le seul qui soit digne d'être humain. Et Inger, la jeune femme de Mikkel Borgen, qui meurt durant l'accouchement. Ils se rencontrent une seule fois, au cours de la scène finale. Le rythme lent et lourd du film, les plans banals d'une réalité terrienne, la haine qui oppose les deux chefs de famille, cette sorte de religion mêlée de superstition, proche de la sorcellerie, que Dreyer réussit à rendre vraie, dangereuse, menaçante, contre laquelle seule résiste la folie de Johannes, tout cela, qui n'est rien d'autre que du réalisme, nous conduit vers l'insoutenable, l'inacceptable. À l'instant où le couvercle du cercueil va se refermer sur le corps d'Inger, Johannes s'adresse à elle, l'extrait de la mort, et la fait vivre à nouveau. Johannes parle, enfin, s'adresse à Inger, mais c'est sur le visage de la petite fille d'Inger qu'on assiste au miracle de la résurrection. Cette scène vous subjugue, vous arrache des larmes. Ah, il faudrait encore parler des larmes au cinéma ! N'est-ce pas bien extraordinaire qu'une simple construction d'images sur un écran plat, en noir et blanc, vous émeuve comme si vous étiez là, de l'autre côté, que vous touchiez ces êtres et ces choses des doigts, que vous en fassiez partie, que vous soyez de la même famille ? — La scène finale d'*Ordet* est d'une audace inouïe, et pourtant d'une simplicité presque enfantine. Elle représente à elle seule le pouvoir du cinéma, inégalé dans son commencement.

Yasujiro Ozu

Né au début du cinéma, en 1903, il a réalisé en 1934 un des films les plus inventifs de l'histoire du muet, *Ukikusa monogatari* (*Histoire d'herbes flottantes*). En 1959, sous la pression des producteurs, il a fait une nouvelle version de ce film, en couleurs et sonorisé, sans arriver à en retrouver le génie. À la manière de Mizoguchi dans certains de ses films — et de Lubitsch dans *To Be or Not to Be*, ou de Marcel Carné dans *Les Enfants du paradis* —, c'est le théâtre, c'est-à-dire le cinéma lui-même qui est le vrai sujet du film. Un acteur raté, sur le déclin, Kihachi (joué par Takeshi Sakamoto), va de ville en ville avec sa petite troupe hétéroclite, pour donner des représentations de kabuki. C'est un cabotin, injuste, anxieux de gagner de quoi survivre, usant de tous les expédients. Il revient dans la ville où il a connu autrefois une femme dont il a eu un fils. Ce garçon, encore étudiant, tombe amoureux d'Otoki, une jeune fille de la troupe de Kihachi. Peu à peu, on comprend que c'est l'instant où tout va se jouer pour le vieil acteur, la femme qu'il a aimée, pour son fils, et surtout pour la troupe de théâtre. Criblé de dettes, fatigué de sa perpétuelle errance, Kihachi hésite à tout abandonner pour s'installer dans la maison de son ancienne maîtresse, et s'occuper de son fils. Mais celui-ci, lorsqu'il apprend la vérité, rejette ce père qui l'a abandonné et le laisse à son sort d'acteur ambulant. Le film, qui avait commencé avec l'arrivée de la troupe dans la gare, s'y termine, les acteurs survivants se retrouvent, désabusés, mais finalement heureux de reprendre leur aventure.

Le film d'Ozu vaut moins par son scénario que par la façon dont le cinéaste a mis en scène ce drame familial. Peu de grands sentiments, pas d'effets tragiques. La situation de Kihachi, ses retrouvailles avec la femme qu'il n'a pas revue depuis vingt ans, l'amour entre son fils et Otoki, l'attachement de la jeune fille envers le vieux Maître de théâtre qu'elle admire, la vie même au sein de cette troupe de bohémiens, un peu ivrognes, un peu menteurs, et toujours immensément drôles, tout cela est traité avec pudeur et modestie, dans un ton de réalisme et de retenue rare (le film est contemporain des excès de l'expressionnisme et du fantastique).

Une scène du film touche au sublime (n'ayons pas peur des mots). Shinkichi, le fils de Kihachi, retrouve Otoki le long de la voie ferrée. La jeune fille aime Shinkichi, mais elle hésite à changer, à abandonner sa vie errante. Rien n'est dit, rien ne perce de son émotion, de son appréhension. Simplement, elle s'éloigne dans la nuit, en équilibre sur un rail, et cette image, sa silhouette légère et vacillante qui se fond dans la nuit, contre la ligne de fuite de la voie ferrée, entre en nous et nous emplit du bonheur palpable de la perfection.

L'art d'Ozu est exemplaire, parce qu'il est dénué de toute grandiloquence, et témoigne d'un très grand savoir-faire. Il est en quelque sorte l'intuition de tout ce que sera le cinéma moderne, le rythme, les plans de coupe, l'enchaînement des séquences. L'*Histoire d'herbes flottantes* sépare définitivement le cinéma muet de l'art de la pantomime — ce sera aussi le dernier muet d'Ozu, puisqu'en 1936 il aborde le parlant avec *Hitori musuko* (*Fils unique*). Sans symboles, sans discours, sans grimaces, sans gestes inutiles, simplement en utilisant les images du réel, Ozu parvient à nous faire partager l'impression de malaise de ses protagonistes, leur crainte de l'avenir, leur difficulté à accepter les compromis de l'existence. Chaque personnage est vivant avec force, dans ses défauts, ses faux-semblants, et sa sincérité. Le rôle des femmes dans la recherche du bonheur est sans doute le thème central dans les films d'Ozu : leur volonté, leur fermeté, leur sens de la transaction et leur compassion. Ce sont elles qui dirigent le monde, aussi bien dans la sécurité de leur maison que dans leur désir d'aventure. Ce sens du réel et de l'intimité, Ozu en fait son principe d'art. Il filme les êtres humains comme ils vivent, ou peut-être comme les voient les chiens : la caméra est posée à vingt centimètres du sol, pour être à leur hauteur quand ils sont assis par terre. Même si on n'entend pas leur voix, l'alternance des plans de coupe donne vie au dialogue. Ozu utilise l'ellipse, les plans sont rapides, sans effets inutiles. L'illusion est telle qu'on en vient à oublier l'ancienneté du film, l'absence de la bande-son. On entend la voix des acteurs, leurs chants, leurs rires. Ozu nous montre les êtres humains dans leur admirable banalité. Otaka, l'actrice principale de la troupe — la maîtresse de Kihachi —, est un type de femme très vrai, très actuel — Mizoguchi s'en inspirera pour son portrait de geisha dans *La Vie d'Oharu*, et il n'est pas interdit de penser qu'elle a servi de modèle pour la Garance des *Enfants du paradis* de Carné. Les sentiments qu'elle éprouve sont ordinaires, parfois jusqu'à la drôlerie. La jalousie, le dépit plutôt que le désespoir quand elle croit que le Maître va l'abandonner pour vivre une vie de famille auprès de son ancienne maîtresse et de leur fils. Dans la dernière séquence, Otaka attend seule dans la gare le train qui doit l'emmener au loin. Elle n'a plus rien, tout a été vendu, les robes, les bijoux. Il ne lui reste que son paquet de cigarettes. Elle fume, elle attend le train, son visage n'exprime rien d'autre qu'une longue fatigue, une immense amertume. Quand Kihachi arrive à la gare, lui aussi, elle partage avec lui une coupe de saké, elle chante un chant d'adieu, avec une telle intensité dans ce simple moment, une telle familiarité, qu'on pourrait jurer avoir écouté son chant, entendu le timbre un peu rauque de sa voix, usée par le théâtre, par l'alcool et le tabac. C'est tout. Ce n'est rien. C'est du grand art, si précis, si détaillé, si réel. Yasujiro Ozu, disparu trop tôt, contrairement à Mizoguchi, n'a laissé que peu de traces dans la mémoire cinématographique des Occidentaux (même s'il est une des gloires du cinéma au Japon). Mais ce qu'il a inventé vit encore.

L'Atalante,

de Jean Vigo, brille d'un éclat unique au firmament de l'art cinématographique. Je ne l'ai pas vu au ciné-club de Nice, qui le programmait rarement, malgré le nom de « Jean-Vigo » dont il s'honorait. J'ai aimé *À propos de Nice* et *Zéro de conduite* projetés au lycée, dans la petite salle où notre prof de philo, M. Woelffel, s'efforçait de nous faire apprécier les classiques dans un chahut indescriptible. *L'Atalante* est venu longtemps après, au hasard d'une séance d'art et d'essai, dans une cinémathèque. Ce qui m'a ému tout de suite, c'est l'audace de Vigo, sa tranquille impertinence, sa science de la photographie, alors qu'il est encore si jeune, et qu'il semble n'avoir que peu d'expérience (des acteurs, de la mise en scène commerciale). D'une banale romance — Jean aime Juliette, il l'épouse et l'emmène sur son chaland, elle s'ennuie et veut le quitter —, Jean Vigo crée un monde à part, invente une narration, un romantisme, une façon d'être qui donnent le ton du cinéma à venir. Dans *L'Atalante* affleurent la sensualité, la mélancolie de la *Monika* de Bergman, la grâce de Truffaut des *Quatre Cents Coups*, de *L'Enfant sauvage*, l'humour et l'arrogance de Godard d'*À bout de souffle*, d'*Une femme est une femme*, l'angoisse existentielle d'Antonioni dans *L'Éclipse* ou *La Nuit*, et même l'interrogation sur l'art du cinéma d'aujourd'hui, dans *Au travers des oliviers* de Kiarostami, ou dans certains films de Tim Burton.

Tout est dans les images. Elles entrent en vous et vous hantent comme des parcelles de rêve, elles étendent la vérité du réel, en donnent une dimension intérieure. Le cortège nuptial qui marche sur les berges de la Seine, à la fois grotesque et solennel, la terre boueuse, le mouvement de l'eau du fleuve, les écluses, les silhouettes des grues et des bateaux à l'amarre. Dita Parlo, vêtue de sa robe de mariée, marchant sur le pont de la barge qui glisse lentement, dans un mélange de noirs, de gris et de blanc, non pas abstrait, mais lunaire, hors de ce monde — quelque chose déjà de la barque d'Ohama dans *Ugetsu* de Mizoguchi. L'amour, non plus figé dans la mignardise des photos dont le début du siècle a été si friand, mais sensuel, matériel, si fort qu'il est mêlé d'angoisse et de douleur, l'amour entre Jean et Juliette qui occupe chacun de leurs instants, sur ce chaland qui les protège et les emprisonne en même temps. Puis la moquerie, la drôlerie inquiétante du père Jules, Michel Simon comme une sorte de Diogène entouré de chats et de souvenirs coloniaux, pareil au philosophe Brice Parrain dans *Vivre sa vie* de Godard, mais qui aurait collectionné les sirènes et les fétiches au lieu des mots, roi dans ce capharnaüm de bataclan où sans cesse il brise, remue, révolutionne. L'amour du père Jules, l'amour de Jean, l'amour de Juliette, sur ce navire qui va au hasard — que transporte-t-il ? Notre destinée ? Nos illusions ? Ou tout simplement le pouvoir sans limites de la jeunesse, dont Vigo lui-même ne pourra pas faire usage ?

Ce que Vigo invente avec une magique désinvolture, c'est le langage du cinéma, qui le sépare définitivement de l'écriture romanesque et du théâtre filmé. La spontanéité, la légèreté et le jeu des acteurs viennent du fond d'eux-mêmes et le décor entier est en mouvement avec eux — non plus un décor, mais ce que Jean et Juliette voient, ce qu'ils ressentent, ce qui les agit, non pas en paroles, non pas en expression de leur psychologie, mais par instinct, par intuition, par la vie. Ils sont seuls au monde, suspendus dans le temps, sur le fil de l'eau. Le père Jules, c'est un peu la nourrice de *Roméo et Juliette* (*nurse, sweet nurse, tell me, where is my love ?*), qui vit par procuration tout ce qu'il n'a pu vivre dans la réalité. Il représente aussi le regard du réalisateur sur ce qu'il est en train de créer, ce chaos d'images, de réminiscences, de souvenirs de pacotille, dont il ne gardera que la lumière d'un amour parfait. Et quand Juliette se perd, qu'elle abandonne Jean, et l'*Atalante*, il est urgent pour le père Jules de la retrouver, non pas afin de sauver son innocence des dangers de la ville — Juliette errant le long des vitrines des beaux magasins, Juliette frôlant le désespoir des files d'ouvriers en quête d'un emploi aux portes des usines —, mais pour préserver cet instant infiniment durable de l'amour, dans une image qui devient archétype.

Jean Vigo est une exception dans le cours du cinéma, une sorte de feu follet, une apparition. Il y a du Alain-Fournier en lui, du Radiguet (plutôt que du Rimbaud), du Modigliani, l'amoureux de Jeanne Hébuterne. Ce n'est pas seulement parce qu'il n'a pas eu le temps de vieillir. *L'Atalante* apporte l'enthousiasme et l'élégance naturelle de la jeunesse, mais ce n'est pas un film de jeunesse. Comme toutes les grandes œuvres, il porte déjà en lui le poids de l'expérience, la maturité, la maîtrise des moyens et des sentiments. Les images de l'*Atalante* glissant sur le fleuve, la sorte de désarroi et de vide des abords de la grande ville, la poésie un peu toc du populaire, des guinguettes, de la gouaille, le visage de Dita Parlo, sa gaieté, son enfance qui affleure, son appétit de vivre, Jean Vigo en fait les mots de son langage. Cela n'a rien à voir avec la réalité. C'est mêlé à la mort, au désespoir, à la conscience de l'omniprésente incertitude. C'est pourquoi nous sommes touchés, nous vivons, rions et craignons avec lui, parce que, à chaque instant, à chaque séquence, chaque image, nous comprenons que c'est cela le travail du cinéma, de nous montrer l'inachevé dans le temporel, l'infini dans l'éphémère.

INTERMÈDE 2

La chambre d'Ozu

C'est là qu'il a séjourné durant les dernières années de sa vie. D'une façon générale, je ne suis pas particulièrement intéressé par les hôtels d'écrivains, ou les résidences d'artistes. Cela m'est égal de savoir où ils ont vécu, d'entrer dans leurs meubles. La maison de Buñuel à Coyoacán, le campement de jungle de Francis Ford Coppola au Belize, ou même la chambre de Mishima à l'hôtel Hilltop de Tokyo, cela me laisse indifférent. Je ferais peut-être une exception pour l'appartement d'Ingmar Bergman à Stockholm, et pour la mansarde de Rimbaud rue Serpente à Paris, simplement parce qu'ils se trouvent dans les coins les plus bruyants de ces capitales. Mais la chambre de Yasujiro Ozu, c'est autre chose. Un ami japonais m'y a convié. C'est à Chigasaki, un bord de mer de luxe sur la route de Yokohama, un endroit qui semble hors du temps, suspendu devant l'océan face au volcan le plus célèbre de la planète. Quartier de petites maisons, certaines encore en bois comme avant la guerre, des rues tortueuses, tranquilles, où circulent les chats. Le climat doit y être doux, car dans les jardins j'ai remarqué des palmiers de l'espèce *Cycas*. Mais quand je suis arrivé, le village était couvert de neige. L'hôtel Chigasaki Kan est un peu en retrait, sur une pente, accessible par une route si étroite qu'on a peine à imaginer une voiture s'y aventurant. C'est en réalité un *ryokan*, c'est-à-dire une auberge typique du Japon traditionnel, où l'on dort par terre et l'on mange dans une salle commune. Le froid avait dû faire fuir les clients. Ma chambre était assez grande, selon les critères japonais. Au bout d'un long couloir vitré qui mène de la maison principale aux quartiers des hôtes. C'est ici qu'Ozu écrivait, recevait ses amis, dormait. Le mobilier est réduit à l'essentiel : un matelas de coton sur le sol, une tablette pour poser sa tasse, un coffre pour ranger couvertures et kimonos, une cuvette pour les ablutions. À l'extérieur de la chambre, une sorte de pièce d'été donne sur le jardin, meublée d'une petite table et de deux chaises basses. Les fenêtres sont toutes à glissières, de grands rectangles divisés en carreaux de papier de riz. Au mur, j'ai vu une photo qui montre le maître dans cette pièce d'été, assis devant sa machine à écrire.

Je crois que j'ai passé dans cette maison solitaire et glacée une des plus mauvaises nuits de mon existence — mais aussi une des plus inspirées. Après le coucher du soleil, ma chambre est devenue pareille à une sorte de radeau couvert perdu dans le ciel glacé de l'hiver. Un peu avant de dormir, j'avais marché dans les rues de Chigasaki jusqu'à la digue d'où on voit le cône du mont Fuji encore rose au-dessus de la brume de Tokyo. Puis peu à peu tout s'est figé dans le froid. Couché sur le matelas, j'écoutais la neige craquer sur les branches des cyprès du jardin. Je pensais à la chaleur très douce des demeures dans les films d'Ozu, à cette sorte d'âme féminine qui imprègne ses images. Je pensais à cet univers où tout se passe à fleur de sol, au sein d'une tribu très ancienne. Je pensais à sa vie, si brillante, pleine de chants, du tintamarre des orchestres ambulants, des rires des enfants faisant flotter leurs cerfs-volants sur la plage, cette vie qui parle du temps où le Japon avait gardé une relation avec le lieu, non pas dans l'innocence d'un âge d'or, mais au contraire dans la certitude de son savoir ancestral. J'ai dormi par intermittence. Il me semble avoir entendu, au cœur de la nuit, comme un froissement léger dans le couloir, un souffle. Je ne vais pas raconter d'histoires : le vieux gérant du *ryokan*, dont je crois avoir compris qu'il est le dernier témoin de l'existence de Yasujiro Ozu, vêtu de son kimono froufroutant, ses pieds légers dans des chaussettes à orteils et galoches de bambou, circule tel un veilleur attentif et prudent, en mémoire du temps où l'auberge et les voyageurs devaient être protégés contre les voleurs. Au petit matin, après un déjeuner dans la salle commune glaciale et orgueilleuse tel un temple inutile, je suis parti dans les rues du village, m'étonnant un peu de ne pas être poursuivi par les gosses qui couraient jadis après l'acteur Kihachi, et j'ai rejoint la gare du chemin de fer.

LA GUERRE

Le cinéma était japonais,

en ce temps-là.

Ugetsu monogatari, Les Contes de la lune vague après la pluie, selon le titre un peu précieux que l'on a donné au film de Mizoguchi en France (le titre japonais signifie simplement : « conte de la lune des pluies »).

C'est la première fois que j'ai compris que le cinéma était un art. C'est aussi la première fois que j'ai constaté que, comme beaucoup de Français, je ne savais rien de la civilisation japonaise — de l'Orient en général. L'idée que l'on a du Japon en Europe, au moment où je vois le film de Mizoguchi, ne ressemble pas du tout à celle que l'on a aujourd'hui. Le Japon, c'est très loin, confus, plein des clichés de l'Art nouveau (ces paravents, boîtes en papier mâché, bouquets de fleurs, sabres et romans de Pierre Loti — en revanche on ne sait rien de Lafcadio Hearn — qui existaient chez ma grand-mère).

L'autre apport, celui du monde industriel, commence à peine à se faire connaître en Europe. Par mon père, médecin en Afrique, je savais que le Japon était le plus grand pourvoyeur (déjà !) d'objets manufacturés dans le tiers-monde : vaisselle émaillée, gamelles en aluminium, couverts, ustensiles de cuisine, lampes et autres réchauds, mais non d'objets de haute technicité — son appareil photo, par exemple, était allemand.

La littérature, la philosophie japonaises sont inconnues du grand public. La jeunesse a eu accès à des extraits du Kamino Michi, sous forme de *Contes & légendes.* Dans les lycées, on ignore tout de cette littérature, et les classes de philo dédaignent la pensée japonaise, et la pensée orientale dans son ensemble — ce qui, à ce que je crois savoir, continue d'être le cas. Le tao, le shinto, le bouddhisme, dans les manuels, ne sont pas « à proprement parler de la philosophie ». Même le plus « occidental » des philosophes japonais, Nishida Kitaro, n'est pas traduit en français. Évidemment, à part quelques spécialistes, le grand public ignore la longue histoire du cinéma au Japon — le premier film japonais, un documentaire sur le théâtre kabuki, date de 1898 ! On ne sait rien de Mizoguchi, de sa carrière de cinéaste — il a réalisé depuis 1923 près de quatre-vingt-dix films, au rythme de deux par an, alternant courts métrages, films d'auteur, adaptations de romans classiques, sans aucun temps mort ni aucune faiblesse. Le cinéma, à l'époque où je vois *Ugetsu* pour la première fois, n'a illustré le Japon que sous la forme de chromos, ou de ces terribles films de guerre américains, dans lesquels les Japonais — les *Japs* — sont représentés, comme naguère les Indiens, sous les traits de sauvages fanatiques prêts à tout pour envahir le monde et ruiner l'Amérique.

Où ai-je vu *Ugetsu* pour la première fois ? J'ai quinze ou seize ans, ce doit être dans une de ces salles d'« art et d'essai » comme il en existait à l'époque, qui projetaient des séries de films par pays, parfois par thèmes. Mon souvenir est confus. Des images en noir et blanc, tremblantes (sans doute s'agissait-il d'une copie usée), les sous-titres trop bas, illisibles. Un film que j'aurais entrevu plutôt que vu, si étrange et dérangeant que mon esprit en est ébloui, à la manière d'un rêve, ou d'un accident dont j'aurais été le témoin incapable de déposer.

Par la suite, j'ai revu *Ugetsu*. À la Cinémathèque du Trocadéro, ou dans des salles parisiennes. Par goût, par obsession, je l'ai loué dans les vidéothèques, sous-titré en anglais, presque illisible à force d'avoir été regardé, images voilées par un halo, parfois aveuglées par une sorte de brillant (j'ai pensé ensuite au vernis qui faisait la gloire du potier Genjuro et lui valait l'amour dévorant de la princesse Wakasa).

Chaque fois que je revois ce film, dès les premières images, dès le générique, le charme opère. Déjà les caractères kanji du titre, ainsi :

雨月
物語

puis, inscrits dans un carré régulier, les noms des acteurs, au son traînant de la flûte — tels des signes sur un talisman.

Le film s'ouvre sur un lent panoramique qui balaie une clairière enneigée au milieu d'une forêt d'arbres morts. Surgit le village, pareil à un paysage dans un tableau de Bosch, où des paysans en haillons s'activent autour de leurs chaumines. C'est un pays à la fois très ancien et familier, un pays de pauvreté terrienne universelle. Un autre lent mouvement de plongée de la caméra fait apparaître les personnages, Genjuro et sa femme Miyagi, Tobei et Ohama. Et déjà je ressens la familiarité de ce lieu.

J'essaie de comprendre.

Mizoguchi, dès les premières images, nous fait entrer dans une dimension morale. Les acteurs de ce conte ne nous sont pas étrangers. Ce qu'ils vivent, c'est le drame de la guerre, vue par les yeux des victimes. Il faut penser à la date de la réalisation du film : 1953. Moins de dix ans après les bombardements incendiaires de Tokyo et la destruction nucléaire à Hiroshima et Nagasaki. Moins de dix ans après l'une des guerres les plus sanglantes de l'histoire, et l'unique défaite du Japon. Si l'on tient compte du temps de préparation et d'élaboration du film — la correspondance de Mizoguchi avec son scénariste Yoda Yoshikata montre l'attention extrême que le réalisateur porte à chaque détail —, l'on peut dire qu'*Ugetsu* est né des cendres de la guerre.

C'est cela sans doute qui me touche en premier lieu, parce que d'une certaine façon ce film se rapporte à ma mémoire d'enfant. Au-delà de toute idéologie, c'est la guerre vue par ceux qui la subissent, principalement les femmes et les enfants. L'action du film se déroule à l'époque féodale, mais c'est de l'ère contemporaine qu'il est véritablement question.

Dans cette vallée abandonnée, habitée par des paysans obstinés dans leur volonté de survivre, menacés par les dangers et obsédés par la faim, je peux reconnaître la vallée où j'ai vécu pendant la guerre. Le même froid, la même gêne, la même faim, et surtout cette rumeur d'une guerre invisible et proche à la fois, qui nous obligeait à nous cacher derrière les volets fermés, à guetter le bruit de l'ennemi qui marche dans la nuit, ou l'explosion des obus et les détonations des fusils quelque part dans la forêt.

Ce sont ces détonations au loin qui résonnent dans les premiers instants du film et nous font comprendre que la guerre est encore là, qu'elle rôde autour du village. L'armée, telle que la montre Mizoguchi, n'est pas le corps glorieux, manœuvrant avec une précision mécanique, galvanisé par le nationalisme tel que le représente l'imagerie impériale. Ce n'est pas non plus la féroce débandade du Pacifique, le fanatisme des soldats d'Iwo Jima ou l'atrocité des vaincus telle que l'a filmée Kon Ichikawa dans *Feux dans la plaine,* où les hommes sont réduits à l'anthropophagie pour survivre. C'est une violence absurde, archaïque, où les paysans transformés en samouraïs après avoir volé une pique et une cuirasse deviennent des bêtes de proie cherchant à assouvir leurs besoins dans le pillage, le viol et le meurtre. Le lieu de leur prédation, ce ne sont pas les villes ou les demeures fortunées. C'est la campagne pauvre et affamée, où les civils s'enfuient et se réfugient dans les forêts, tandis que résonnent les cris de victoire de leurs persécuteurs, pareils à des cris d'animaux.

Mizoguchi a construit tout son film comme une fugue, où se suivent les variations sur le thème de la guerre. Il fait alterner le majeur et le mineur, le doux et le violent, en une succession de tableaux qui s'ouvrent et se ferment sur un fondu au noir de quelques secondes, chaque nouvelle séquence reprenant le thème, avec une sorte de tremblement, portée par la variation de la musique.

Aux plans de violence répondent les plans de douceur féminine : Miyagi fait tourner la roue tandis que son mari Genjuro façonne la poterie. Sans doute l'une des scènes les plus touchantes du film. Tout est dit dans cette image très simple et très étudiée : l'obstination de Genjuro, son orgueil pour son travail de potier, son ambition qui lui fait ignorer les dangers de la guerre. L'amour de Miyagi, l'inquiétude qu'elle ressent pour son mari, pour leur fils, la force morale et le courage qui sont en elle, son sens du réel. L'égoïsme de l'homme qui pense à la gloire — Genjuro qui veut profiter de la guerre pour faire fortune, Tobei qui s'est mis en tête de rejoindre l'armée pour devenir samouraï — et l'instinctive sagesse des femmes, qui ne veulent rien d'autre que le bonheur et la paix. D'un côté l'insatisfaction, la vanité, la cupidité, de l'autre l'harmonie, le sens de la vie. La roue du potier tourne, et en arrière-plan nous voyons le visage de Miyagi tendu par l'inquiétude, tandis que le rythme s'accélère — la roue qui tourne me fait penser au thème de la noria dans la musique d'oud égyptienne — au son aigu d'une flûte obsessive, d'un tambour lourd qui prend peu à peu le tempo du jazz, accompagnant la hantise de Genjuro, l'angoisse grandissante de Miyagi.

La séquence de la barque glissant sur le lac dans un paysage de brume est probablement l'une des plus célèbres de l'histoire du cinéma. Pour moi, pour beaucoup de ceux de ma génération, elle est la séquence qui est restée en mémoire, qui est devenue le symbole du pouvoir de l'art cinématographique.

Je veux la comprendre dans tous ses détails, parce qu'il me semble qu'elle résume à elle seule toutes les raisons et les expectatives liées cet art.

Indubitablement, elle est exotique. C'est un tableau animé. Tous les clichés de l'art pictural japonais y sont réunis : on peut penser à Hokusai, aux scènes de la mer Intérieure, à la célèbre barque sur laquelle voyagent les moines, symbole de la fugacité de la vie sur cette terre. Par sa lenteur, sa majesté, elle évoque le bouddhisme, et plus particulièrement l'art du haiku, son minimalisme. Elle est aussi une extension du théâtre nô, du chant où les sentiments sont réduits à une épure.

Cette séquence, en outre, n'est pas centrale. Elle est en vérité la deuxième porte qu'il faut franchir pour entrer dans le film — la première étant la scène de pillage dans la nuit. Elle aussi a trait à la guerre, à la violence, à l'inconstance et à la fragilité des hommes. Par cette porte, nous entrons dans la fantasmagorie. L'étendue d'eau que doivent traverser les voyageurs pour rejoindre la ville d'Omizo est cet espace vide qui sépare la vie de la mort. En entrant dans ce domaine, Genjuro, Tobei et Ohama vont vers leur destinée. Ils perdent leur bonheur terrestre.

La proue de la barque émerge lentement de la brume, glissant entre le ciel et l'eau, entourée de vapeur. Avant même que nous puissions reconnaître ses occupants, nous entendons la voix d'Ohama qui chante une mélopée, rythmée par un tambour très sourd. Il n'y a rien de réel dans cette scène — la barque glisse d'elle-même, et le mouvement d'Ohama qui appuie sur la longue perche, à la poupe, ne peut pas être le moteur. Le paysage lui-même ne semble pas réel. La brume, l'eau ont une texture étrange, lourde, qu'on dirait peinte comme un décor (cependant Mizoguchi a bien tourné l'essentiel en extérieur). Tout dans cette scène semble près du symbole. Plutôt, il faudrait dire que tout est sous l'effet d'une inspiration, d'une animation, pénétré de pensée. La proue sort de la brume, fend l'eau où s'allument des étincelles, comme s'il n'y avait plus ni jour ni nuit, mais une sorte de durée cotonneuse qui enveloppe le pays, dans le silence à peine troublé par le clapot le long de la coque, par la voix mélancolique d'Ohama. Les ondes de l'eau courent devant la proue, tracent des lignes qui répondent aux traînées des nuages, s'écartent du lieu d'où viennent les voyageurs, pour refermer la porte du réel. Les silhouettes des passagers apparaissent, d'abord celle d'Ohama, debout sur la poupe, godillant d'un geste lent pareil à celui que ferait une longue nageoire. Une autre barque vient à leur rencontre, mais c'est une épave qui dérive, dans laquelle un homme est en train de mourir. Dans un dernier souffle, il met en garde les voyageurs. La mort les guette aussi, des pirates qui volent, tuent et emportent les femmes.

L'art atteint dans cette longue séquence un sommet, de grâce, de tragique, de beauté hiératique, d'émotion. Le mot de « classicisme » a ici un sens trop restreint. C'est « shakespearien » qu'il faudrait dire. Comme dans le théâtre, pour le réalisateur Mizoguchi (mais cela est vrai pour tous ceux qui sont venus après lui, Kurosawa, Kihachi Okamoto, Kaneto Shindo), le fantastique n'est pas un moyen mais une fin, l'expression de l'adéquation parfaite du réel et de l'imaginaire. Le conte d'*Ugetsu* suit un double chemin, l'un historique, critique, l'autre philosophique, voire mystique. Certes, Mizoguchi est tout sauf un cinéaste religieux, et il s'éloigne délibérément de la morale bouddhiste du conte original d'Akinari Ueda, pour rester près de la réalité psychologique de ses personnages dans le drame humain causé par la guerre. Sa transcendance est seulement, exclusivement, dans son art.

L'apparition de la princesse Wakasa, vêtue de blanc, coiffée du large chapeau qui masque son visage, la scène de séduction, l'exorcisme peint sur le corps de Genjuro, ces images sont obsédantes, elles prennent avec le recul du temps une valeur mythologique. Elles sont proches des images du rêve.

Dans la maison, la nuit, après le repas qu'elle lui a servi, Wakasa danse devant le potier Genjuro, pour le séduire. Wakasa, c'est l'actrice Machiko Kyo, danseuse professionnelle que Mizoguchi fera tourner dans d'autres films, en particulier dans *Yohiki* (*L'Impératrice Yan Kwei Fei*). Sa danse, inspirée du nô, témoigne du lien qui unit Mizoguchi au théâtre traditionnel. Lente, hiératique, Wakasa danse en maniant l'éventail des courtisanes, et le chant qui s'élève et descend vers les graves est un chant funèbre plutôt qu'un chant d'amour — il parle du temps qui passe, de la vanité de l'amour, de la séduction de la mort. Le corps de Wakasa ondule avec sensualité, ses pieds à peine visibles semblent glisser au-dessus du sol, c'est une danse, mais c'est aussi une crampe, une grimace de douleur, un cri contenu où la passion lutte contre l'orgueil, où le désir et la vengeance se touchent et se mêlent.

L'amour, dans *Ugetsu*, dans la plupart des films de Mizoguchi, n'est pas la destination des hommes, mais l'invention et l'obsession des femmes. Genjuro est l'objet du désir, non pas la raison de celui-ci. Wakasa, morte vierge, revient sur terre pour connaître l'amour d'un homme, mais c'est pour en faire son esclave. Elle ne peut pas concevoir une autre forme de bonheur que dans la possession. Pour réaliser son vœu, c'est elle qui prend pour époux Genjuro, qui l'impose au monde des ombres. Son chant, sa danse, séduisent Genjuro, mais s'adressent aussi outre-tombe à l'ombre de son père. Cette scène de la danse s'achève sur une image surréelle où la voix aiguë de Wakasa peu à peu est recouverte par le marmonnement grave de la voix de son père, jaillissant par le masque grimaçant appelé *kutsuki*, bois de souffrance. La lente ondulation du corps de Wakasa, l'éventail, le jeu amoureux, peu à peu se transforment en une menace, car les paroles du chant mettent en garde Genjuro contre toute idée de fuite ou de liberté. Désormais il est prisonnier de Wakasa, il sera l'éternel amant. Il ne pourra plus revenir en arrière. La séquence se ferme sur le noir de la nuit, comme s'il était prisonnier de son propre rêve.

Mizoguchi resserre les deux histoires parallèles, toutes les deux variations sur le thème de la guerre. Tobei, le frère de Genjuro, est victime, lui aussi, de son ambition et de sa propre vanité. Tobei a abandonné sa femme Ohama pour tenter de conquérir à la guerre la gloire et la fortune. Comme les guerriers du seigneur, il n'est rien d'autre qu'un paysan déguisé en soldat, armé d'une cuirasse et d'une pique. La scène du viol d'Ohama par les soldats de l'armée de Shibata est d'une extrême violence, et parle mieux qu'aucune autre de l'horreur de la guerre. Le viol a lieu non loin de la ville où son mari cherche l'aventure, dans un paysage romantique, au son des oiseaux. Après le viol, Ohama reçoit du samouraï qui l'a déshonorée une poignée de pièces d'argent, et devient une prostituée, comme le furent pendant la guerre les femmes coréennes enlevées par l'armée japonaise.

Le potier Genjuro, envoûté par la beauté de la princesse Wakasa, devient son amant — après la scène d'amour au bord du fleuve, il gît sur le sol, pareil à Ohama après le viol, entouré de mort, arbres décharnés aux branches en forme de griffes, campagne dévastée. Plus tard, quand il expiera devant Miyagi, il prononcera ces paroles, qui résument la période que le Japon tout entier vient de traverser : « Mon esprit avait été tordu par la guerre. »

L'art de Mizoguchi est visuel, c'est en cela qu'il invente le cinéma moderne. C'est aussi une architecture, chaque plan construit avec un soin méticuleux, chaque angle de prise de vue choisi pour le sens qu'il donne à l'action, chaque élément du décor installé pour jouer un rôle dans le récit. Les griffes aiguës de l'arbre mort contre le ciel sont vaincues par les lettres de l'exorcisme que Genjuro fait tatouer sur son corps, le chant de séduction de Wakasa par les incantations du moine bouddhiste. De même, à l'humanité de Miyagi correspond l'animalité du désir de Wakasa. Dans la scène où Genjuro tente de repousser sa maîtresse, le masque de celle-ci se transforme en un masque animal, sa voix devient incompréhensible, mêlée de cris et de rugissements. Le fantastique n'est pas seulement l'exploration d'un autre monde, relié à la culture ancienne du chamanisme des Noros — il est aussi l'expression de l'aliénation, de l'irréalité dans lesquelles sont plongés les acteurs de cette histoire.

La séquence finale où Genjuro croit retrouver sa femme et son fils, au terme de cette longue errance, est admirable, elle se rattache aux premiers instants du film. Miyagi tourne à nouveau la roue qui actionne le tour du potier, symbole du bonheur conjugal, et cette nuit-là, Genjuro croit retrouver les délices de l'amour perdu. Mais au matin, lorsqu'il se réveille, c'est un cadavre desséché qu'il tient dans ses bras, une touffe de cheveux blanchis par le temps. (Kobayashi reprendra exactement la même scène dans le chapitre des « Cheveux noirs » de *Kwaidan.*)

Le retour de Tobei au village, au travail de la terre qu'il n'aurait jamais dû quitter, clôt le cycle du film. Dans le même lent mouvement d'ascension du début, la caméra s'éloigne de cette ravine écorchée.

Au commencement de ce chapitre, je posais la question : le cinéma était-il japonais ? L'œuvre de Mizoguchi répond à la question, mais c'est pour l'élargir. L'art cinématographique doit beaucoup à cette époque où le Japon a produit quelques-uns des plus grands films de son histoire. Il est redevable aussi à la culture japonaise, dans ce qu'elle a mis au monde de stupéfiant : sa perfection, son sens de la mesure, sa rigueur.

Mais au contraire d'Ichikawa, de Kurosawa ou de Shindo — et si l'on excepte Ozu, qui semble plus tourné vers le syncrétisme culturel à la manière de Nishida Kitaro —, Mizoguchi resserre et réduit à tel point la part de l'exotisme que nous échappons à la superficialité. La condition difficile des femmes dans le monde moderne est l'un de ses thèmes, et il l'analyse avec un regard critique de sociologue dans toute sa contemporanéité. Au Japon, après la guerre, la femme est soumise à l'homme, mais elle contrôle sa propre infériorité. Lorsque Ohama est réduite à l'état de prostituée, alors que Tobei se pavane dans les honneurs de sa nouvelle condition de samouraï, elle a ce mot d'amertume : toute réussite dans la vie doit être payée au prix d'un malheur. Dans *La Vie d'Oharu*, la jeune fille est vendue par son père, et elle accepte sa destinée de courtisane parce que, en cédant au caprice de l'amour, elle s'est engagée dans une voie sans issue. On peut lire dans ces récits l'empreinte confucianiste du shinto, où rien ne doit exister qui ne contribue à l'équilibre général. Mais à la réflexion, ce thème, central dans l'œuvre de Mizoguchi, est celui-là même qu'on trouve dans le théâtre classique occidental, et dans le roman moderne. C'est celui qui inspire le cinéma réaliste d'après-guerre, de Rossellini jusqu'à Bergman.

L'émotion que l'on ressent dans *Les Contes de la lune vague après la pluie* tient à la beauté des images, au rythme lent des séquences, semblable au battement grave des tambours qui les accompagnent. Mais elle naît aussi de la vérité, de l'acuité des sentiments exprimés, de la brûlure du constat. Je me souviens des premiers instants de ma découverte, devant les images qui ouvrent la vallée désolée où vivent Genjuro, Miyagi, Tobei, Ohama. Alors j'oubliais que ces êtres humains étaient japonais, qu'ils parlaient un autre langage, qu'ils vivaient selon d'autres modes. J'étais dans leur monde, ils faisaient partie de moi-même comme je faisais partie d'eux. Leur fantastique était devenu mon quotidien.

Oui, le cinéma a été japonais durant cette époque étonnante de l'après-guerre, qui a produit tant de chefs-d'œuvre : *La Harpe de Birmanie*, *Feux dans la plaine* d'Ichikawa, *L'Intendant Sansho* de Mizoguchi,

Les Sept Samouraïs, Madadayo, Ikiru de Kurosawa, jusqu'à l'admirable *Ballade de Narayama* d'Imamura. Des cendres du nationalisme et du creuset de la destruction universelle, le Japon a fait naître un art qui a aboli toutes les frontières.

La révolution

était italienne en ce temps-là. Les films que nous allions voir (au ciné-club, parfois à Paris à la Cinémathèque, ou bien au hasard des projections dans les salles bon marché) étaient tous gauchisants, révoltés et violents, d'une force de conviction qui me donne le sentiment aujourd'hui d'avoir été témoin d'une aventure exceptionnelle, héroïque, pareille à un courant de l'histoire qui coule sous une fenêtre et que des enfants très jeunes épient à travers les volets clos, une foule, une rumeur, des scènes cruelles, vraies, sans concessions.

Vittorio De Sica, *Sciuscià, Le Voleur de bicyclette, La ciociara,* Lattuada, *Senza pietà,* Visconti, *La terra trema, episodio del mare, Rocco e i suoi fratelli,* Bolognini, *La notte brava,* Fellini, *Le notti di Cabiria, La strada.*

Le cinéma avait quelque chose à dire, une urgence, une impatience. Nous sortions dans la rue, après la projection, le cœur battant, avec l'impression qu'un combat se poursuivait, et que nous devions y prendre part. Cela n'avait rien de politique, je crois. C'était la parfaite identification de l'image et de la réalité que nous côtoyions. Derrière nous, autour de nous, devant nous rôdait une menace sourde, mais réelle. La guerre d'Algérie qui continuait, les manifestations, les matraquages. Nous courions comme des dératés à travers le dédale des ruelles du vieux Nice aux murs lépreux, sous les draps qui séchaient, nous bousculions des gosses irrités en bandes de moineaux, des vieilles qui lançaient des quolibets en nissart, des ouvriers en tenue d'ouvrier qui coulaient des regards sombres à l'encontre de ces lycéens, ces étudiants, présumés fils de bourgeois, prêts à s'enflammer contre la guerre, ou à lapider la façade du Parti communiste quand les Soviets entraient en Hongrie.

Peut-être plus simplement ce monde en couleurs ocre et rouge, qui sentait le pissalat et l'huile d'arachide, avec encore de loin en loin les fantômes de la guerre, murs tatoués de camouflage, traces des socles de béton armé où les Allemands avaient installé leurs canons, terrains vagues cerclés de barbelés, tout cela nous faisait croire que ces films racontaient notre histoire — ou plutôt nous réunissaient à l'histoire de nos aînés, que nous ne pouvions avoir connue, mais dont nous étions héritiers.

J'ai affecté quelquefois, à cette époque, de lire Virgile assis sous des oliviers, les yeux remplis des étincelles de la Méditerranée. En réalité, sans m'en rendre compte, j'étais sous l'emprise du *néoréalisme*, et ce que j'avais devant les yeux, c'était Rome en ruine, les Pouilles, la Calabre, la Sicile trop blanche, et ces habitants des quartiers populaires du Trastevere, ou, plus proche géographiquement, de Ventimiglia et de Borgo San Maurizio, vieux hommes guindés, vêtus de noir, souliers impeccablement cirés, matrones, gamins aux culottes trop courtes, aux chandails rapiécés, jeunes filles au regard aiguisé qui avançaient par groupes de trois ou quatre, sans baisser les yeux devant les garçons. Ces rues, ces escaliers, ces immeubles moches aux volets fermés à midi, et ces murs qui renvoyaient l'écho des mobylettes à tansad léopardé, les Vespa, les Alfa Romeo sur la promenade de bord de mer encombrée de palmiers piteux sous la pluie, et les cafés, surtout, les cafés aux terrasses qui mangeaient la chaussée, où semblait traîner indéfiniment une conversation sans nerf, juste le bruit des jeunes gens discutant, cancanant, colportant les nouvelles, refaisant le monde. Le train, peut-être, cet autorail bicolore qui s'enfonçait dans le tunnel sous la montagne chauve et qui lançait avant de quitter la ville un cri à deux tons, un grand braiement inutile. Sur les quais du vieux port, les portefaix en grève, devant les ballots de liège rouge fraîchement débarqués d'Algérie, ou les maquignons chassant à coups de gourdin leurs manades de chevaux maigres vers l'abattoir. De temps à autre, les curés qui organisaient des processions à tralala, avec bannières, dais et encensoirs, pour aller bénir les chalutiers et les pêcheurs enduits du sang des thons. Des tramways brinquebalant avec des grappes d'enfants accrochés à leurs basques. Les fêtes foraines, les gitans, les acrobates qui ressemblaient à Anthony Quinn et à Giulietta Masina dans *La strada*, les filles faciles qui hélaient les lycéens depuis leur balcon, et dans les salons de coiffure (chez Motosso) des gangsters d'opérette vêtus de noir qui venaient se faire raser avant d'aller à l'enterrement d'un des leurs, abattu sur le trottoir devant le bar louche où il buvait son pastis.

Tout cela, non pour le pittoresque, mais pour dire à quel point ce cinéma italien de l'après-guerre — cet après-guerre qui a duré jusqu'en 1962, à la fin d'une autre guerre en Algérie qui n'avait pas encore son nom (nous n'avions pas vu le film de Gillo Pontecorvo, *La battaglia di Algeri*, qui ne sortira qu'en 1966) — était pour la jeunesse d'alors, dont j'étais, notre vérité, notre vie. Nous n'avions pas besoin d'étudier les racines de ce cinéma, ses techniques. Il était en nous, il exsudait de la ville, de ses habitants, il parlait de nos difficultés. Il se moquait aussi, il nous faisait rire et pleurer. Il racontait notre histoire.

Accattone,

le mendiant, il y a une féerie dans ce nom-là. Je me souviens du choc que j'ai ressenti la première fois que j'ai vu le film de Pasolini. Ce devait être dans un petit cinéma de quartier, il était évident que le film n'allait pas durer plus de quelques jours, il était récent, mais Pasolini n'avait pas encore acquis la gloire un peu sulfureuse que lui donnera *Théorème* en 1968 ou *Salo* en 1975. Pourtant j'ai eu immédiatement le sentiment que ce film montrait, exprimait, racontait le monde contemporain mieux qu'aucun autre, que cette Rome de 1960 était ma ville, celle où j'avais grandi, celle où je vivais, que rien ni personne ne m'y était étranger, que ces images portaient une force amère, un sarcasme, une tendresse qui me faisaient prendre conscience de mon existence, de mon nutriment, de mon origine. C'est Rome, cela pouvait être Gênes, ou San Remo, ou Nice, ou Marseille. Dans les rues larges, poussiéreuses de la périphérie, la lumière éclate en plaques éblouissantes, l'ombre est très noire, les murs perdent leur revêtement, les ruines de mauvaise brique se dressent dans un paysage bombardé, voisinent avec les structures futuristes d'un pays en reconstruction, de grands immeubles laids, à fenêtres et balcons identiques, des usines à gaz, des gares de triage, des sortes de châteaux inaccessibles, inhabités, et la terre défoncée par les bulldozers, les tranchées, les segments d'autoroutes suspendus sur des jambes de pont au-dessus des ravins obscurs — Pasolini inventait le paysage moderne, tel qu'on le retrouvera dans les décennies à venir au cinéma, dans *Bande à part* de Godard, tourné sur le chaos boueux de la Défense, dans *Main basse sur la ville* (*Le mani sulla città*) de Francesco Rosi, ou même dans le Berlin des *Ailes du désir* de Wenders. Cette ville dévastée, c'est le décor des hommes et des femmes perdus de cette génération. Les murs criblés de balles et les ravins abandonnés sont leur habitat, les terrains vagues servent d'aire de jeux aux enfants sans pères, les rues sont les champs d'affrontement entre les bandes, la police, les prostituées. Tout cela, on va le retrouver dans les films qui décrivent un conflit social, et surtout un désemparement moral. Étrangement, Sergio Leone utilisera dans les années à suivre *ad nauseam* le décor d'*Accattone,* et même la dégaine de ses voyous, pour mettre à la mode le romantisme du poussiéreux, du venteux, du dévasté, pour réinventer un western sans aucun rapport avec le réel, mais signifiant un monde sans loi et sans pitié.

Mais *Accattone* vaut mieux que cela : rien de gratuit, rien d'esthétique. Le décor, c'est le vide. Le vide que la guerre a laissé sur le sol, le vide que la défaite et la déshumanisation ont laissé dans les âmes. Les traces de la guerre sont ineffaçables : rafales de mitrailleuse sur les pans de murs, traces, écorchures, brûlures, terre à jamais stérile, que rien ne peut changer. Chez les humains, chez Vittorio surtout, le silence, l'obstination, la colère, la brutalité, un sentiment d'irréalité. Pasolini est le cinéaste du trouble, de l'à-côté. Il réinvente les symboles, change leur signification. Il pratique l'anachronisme et l'anatopisme, parce que cette ville arasée, où rien ne subsiste de la gloire passée, où rien ne pourra se tenir debout, est le lieu même du doute. Les personnages de cette Roma ressemblent davantage à des Maghrébins qu'à des Italiens. Leur façon de parler, leurs gestes, leur manière de s'asseoir, cette façon qu'a Vittorio de cracher par terre pour manifester son dégoût, sa colère. De même, dans *L'Évangile selon saint Matthieu,* qui est le film le plus proche d'*Accattone* (dans le temps et dans les thèmes), Pasolini habille les femmes de Judée à la manière des Siciliennes, et les soldats d'Hérode de l'uniforme des brigades fascistes. Mais plus encore que le décor, que les costumes, Pasolini donne le goût, montre la nécessité du mélange, de l'incertitude, de l'ambiguïté, et c'est pourquoi je ressentais à cet instant-là une telle émotion, alors que, dans ma vie et dans mon avenir, j'étais témoin de ces contradictions. La guerre dans laquelle j'étais né, et, en Algérie, cette guerre qui consumait la jeunesse, niait les prétendues valeurs de l'humanisme, et au loin, les rumeurs des trahisons de toutes sortes. Au moment où je reçois *Accattone* sans aucune préparation, je me sens contemporain de Vittorio, de Maddalena, de Stella. Les fantômes qui parcourent ce monde-là sont ceux que je croise dans la réalité. Les valeurs qui s'écroulent sont celles que je vois contredites à chaque instant, par le racisme, la peur de l'autre, la toute-puissance de l'argent, la brutalité du rapport entre les sexes, la désillusion des croyances, la violence des affrontements politiques. Fantômes de la bourgeoisie à jamais discréditée par le fascisme, par le colonialisme. Écrasement des révoltes, en Afrique, en France, en Indochine, mais aussi en Hongrie, en Pologne. Comment ne pas faire sien le sentiment de Vittorio de l'impossibilité de tout changement, comment ne pas partager cet enfermement dans la prison, dans les murs de la ville, dans les barrières des castes ?

Dans *Accattone*, pour la première fois sans doute dans la déjà longue histoire du néoréalisme italien, Pasolini ne propose pas une vue triomphale de la révolution. On connaît le goût du cinéaste pour Gramsci, pour son constat désabusé sur l'art de classe. Mais ce qui éclaire *Accattone* lui donne une dimension nouvelle, c'est cette sorte de courant invisible, cette vitalité qui parcourt les êtres, allume des étincelles, fait courir le frisson de la jeunesse. Une fièvre. Une faim. Aucun autre cinéaste, je crois, n'a su montrer le charme et la vitalité de la jeunesse, non pas à la façon caressante de

Mauro Bolognini dans *Les Garçons*, mais avec une fraternité rude qu'on imagine avoir été celle des plus grands artistes de la Renaissance, de Michel-Ange, de Giotto — la déraison de cet âge, Vittorio défiant la mort pour un pari, en se jetant du haut d'un pont dans le Tibre, sa façon de provoquer les carabiniers, de se mesurer à tous ceux qui l'entourent, y compris à ceux qui se croient ses amis. Scènes poussées jusqu'au ridicule, dans un combat de rue où les corps roulent dans la poussière, très loin des combats arrangés du cinéma hollywoodien, mais plutôt bataille de chiffonniers, désordonnée, animale. Accattone est une sorte de barbare dans la ville la plus civilisée du monde. Pour survivre, ou pour prouver qu'il est vivant, il est prêt à tout, il ment, il vole, il contraint Maddalena à se prostituer malgré sa jambe cassée. Mais il n'est pas un héros. Ces voyous au visage puissamment humain, qui semblent sortis d'une gravure de Jacques Callot, sont le rebut de la société, ils sont pitoyables, besogneux, faméliques jusqu'au grotesque. Pour un plat de pâtes, ils sont prêts à trahir. C'est la faim qui domine ceux de son espèce. La faim, une obsession, un « vice », dit Accattone.

Vittorio est un *accattone*, un mendiant, un maquereau. Mais le film ne contient aucune référence au *poverello*, à la glorification de la pauvreté. Dans le film qu'il a consacré à saint François d'Assise (*Des oiseaux petits et grands*, en 1966), ce n'est pas la mystique chrétienne qui inspire Pasolini, mais la violence de la réalité qui contredit le désir de sainteté, et rend François pitoyable, héroïque, humain.

Il y a la rue. Cette sorte de ravine poussiéreuse qui

fait un large virage, sortant de l'ombre d'un pont, flanquée de talus où s'accrochent des prostituées, dans l'attente d'une auto. C'est à Rome. Cela pourrait être n'importe où dans le monde actuel, dans le monde du dessous. Mais c'est Rome, bien sûr, et après avoir été battue par des voyous, Maddalena marche le long de la via Appia, sous l'allée de cyprès, dans une sorte de cliché absurde de la Rome éternelle devenue le rendez-vous des prostituées et de la faune nocturne. L'histoire ancienne sourd des pierres et des pans de murs, des arbres et des collines, des fontaines et du ciel. Cela pourrait être n'importe où, à Buenos Aires, à Madrid, à Barcelone. En Russie, en Roumanie. Cela pourrait être en Algérie.

Recevant le coup de poing de ces images, de ces personnages, de leur histoire, je ne peux sans doute m'empêcher de penser à ce que j'ai lu de Camus (c'était notre mentor au temps de la guerre d'Algérie, plus que Gramsci ou Sartre), à *L'Étranger,* bien sûr, mais aussi aux nouvelles de *L'Envers et l'endroit,* c'est la même incertitude, la même impossibilité, le même pays, la même faim. Vittorio est le produit d'une société périurbaine, il porte encore tous les signes de la société ancienne, villageoise, familiale, mais dénaturés par l'inhumanité du piège qui s'est refermé sur lui. Son destin est semblable à la rue, semblable au ravin où les maquereaux mettent chaque nuit leurs protégées au travail. Il n'est pas une victime, mais un prédateur, condamné d'avance. Il n'a pas de passé, pas de morale, probablement pas de futur. Il est le modèle de tous les mauvais garçons qui hantent le cinéma réaliste de l'après-guerre, de *Rocco et ses frères* de Visconti au

Pierrot le Fou de Godard, en passant par José, le *Chacal de Nahueltoro* du Chilien Miguel Littín.

Apparaît Stella. Elle est l'une des figures les plus émouvantes des films de Pasolini, peut-être même de l'histoire du cinéma italien. Elle est une icône, une sorte de survivante de l'ère mussolinienne égarée dans les décombres de Rome. Elle porte la beauté, la santé, la force morale du nord de l'Italie, une figure de madone en quelque sorte, avec quelque chose de païen, de sensuel, qui fait penser à l'image éternelle de l'Italie telle qu'elle figure dans la statuaire classique et sur les timbres-poste (on peut penser à la Liberté sur les barricades de Delacroix). Elle vit une vie modeste, simple ouvrière abusée par ses employeurs, elle semble l'image même de la fraîcheur et de la naïveté, et quand elle tombe amoureuse de Vittorio, on sait déjà le sort que le voyou lui réserve. Mais on apprend qu'elle aussi a un passé, que sa mère était une prostituée, et qu'elle n'a aucune illusion sur Accattone. Elle sait qu'il veut la mettre sur le trottoir, mais elle ne continue pas moins de l'aimer. Par amour pour Vittorio, elle accepte. La pureté et la fraîcheur déflorées, c'était un sujet risqué. La vertu de Stella qui triomphe du mal n'a rien de conventionnel. La force de l'amour qu'elle porte à Vittorio est seule capable d'infléchir le destin. Devant Stella, le client brutal qui l'a emmenée en voiture se repent : « Le monde est devenu un cloaque. »

Elle marche dans la nuit sur la via Appia, comme toutes les prostituées qui cherchent à échapper à leur destinée. Et la vie d'Accattone bascule, non par l'effet de la rédemption, mais par l'amour qu'il ressent lui aussi, seule issue dans ce désespoir : « Je ne veux plus vivre ainsi, même si le Christ revenait », dit-il. À l'instar de Stella qui a tenté de se prostituer par amour, Vittorio tente de travailler, mais en vain, car la société l'a déjà condamné, il est un mendiant, un bouffon, il ne pourra pas changer.

Le rêve d'Accattone est un moment d'une puissance étonnante, atteinte avec économie, une scène qui ne m'a jamais quitté, comme si je l'avais moi-même rêvée. Accattone est dans la rue, il marche vers un mur, et là, au soleil, il découvre les cadavres de ses amis de débauche, desséchés, momifiés. Un peu plus loin, il croise un convoi funèbre qui avance lentement dans une banlieue poudreuse, âpre, écrasée de soleil. Dans le silence, seuls résonnent le bruit de la respiration de Vittorio, un battement de glas lointain. Le corbillard roule devant la foule qui se découvre, Vittorio demande : « Que s'est-il passé ? » et l'un des processionnaires lui répond : « Accattone est mort. » La porte du cimetière, devant laquelle Accattone est passé souvent dans ses errances, maintenant se referme devant lui. Par-dessus le mur il guette le fossoyeur qui creuse sa tombe, à flanc de colline, et d'une voix suppliante il lui demande d'ouvrir la terre un peu plus loin, dans un endroit éclairé par le soleil.

C'est son rêve qui referme l'histoire. Né menteur, joueur, voleur et maquereau, Accattone ne peut changer son destin, l'amour de Stella n'y pourra rien. Un simple accident, sur une moto volée, le couche au sol, dans la rue, au bord de la même rivière qu'il avait défiée. « Maintenant, je me sens bien », murmure-t-il avant de mourir.

INTERMÈDE 3

La vie de Stephen Tobolowsky jusqu'ici

(en souvenir de
La vie de Maureen O'Hara jusqu'ici,
de Réjean Ducharme)

Spaceballs (1987) dans le rôle du capitaine de la Garde
Great Balls of Fire ! (1989) dans le rôle de Jud Phillips
Thelma et Louise (1991) dans le rôle de Max
Sneakers (1992) dans le rôle de Werner Brandes
Groundhog Day (1993) dans le rôle de l'assureur Ned Ryerson ; ce bout de rôle (qui se répète au long du film) le rendit célèbre. À Woodstock, le lieu du tournage, une plaque a été apposée au coin de rue où il se heurte à Bill Murray.
Radioland Murders (1994) dans le rôle de l'ingénieur du son Applewhite
Mr. Magoo (1997) dans le rôle de Chuck Stupak
The Insider (1999) dans le rôle d'Eric Kluster
Memento (2000) dans le rôle de Sammy Jankis
Freddy Got Fingered (2001) dans le rôle de l'oncle Neil
Freaky Friday (2003) dans le rôle de Mr. Bates
Garfield (2004) dans le rôle de Happy Chapman
Pope Dreams (2006) dans le rôle de Carl Venable
Blind Dating (2006) dans le rôle du Dr Perkins
National Lampoon's Totally Baked : a Potumentary (2006) dans le rôle de Jesco Rollins

Stephen Tobolowsky est en outre l'auteur et l'interprète d'un court métrage autobiographique : *Stephen Tobolowsky's Birthday Party* (2005), et d'une pièce de théâtre qu'il a portée à l'écran : *Two Idiots in Hollywood* (1988).

La caméra au poing,

les cinéastes ont accompagné l'Histoire contemporaine. Ils ont inventé un nouveau regard sur le monde qui nous entoure, sur les événements de l'actualité, ou sur ce tissu décousu qui compose notre réalité de chaque jour. D'une certaine façon ils ont mis au jour une nouvelle morale. Installés confortablement dans les fauteuils d'un cinéma, ou, plutôt, sur quelques coussins dans l'abri de nos salons, nous sommes confrontés aux scènes les plus violentes, les plus significatives de notre époque. Les grands événements du passé — la guerre de Cent Ans, la conquête du Mexique par les Espagnols, ou même le bombardement d'Alger par les armées françaises — ne nous parviennent qu'à travers le filtre des historiens, ou des rares témoins oculaires qui en ont parlé. Rares sont les écrits qui réussissent à mobiliser notre imagination. On pourrait retenir le témoignage de Goethe lors de la bataille de Valmy, ou celui de Stephen Crane durant la guerre de Sécession aux États-Unis. Tolstoï évoque l'invasion de la Russie par l'armée de Napoléon, mais c'est sous la forme du roman, dans *Guerre et Paix*. Eluard, Apollinaire, René Char ont dit l'horreur de la guerre dans leur poésie, comme Picasso l'a fait dans *Guernica* ou dans *Massacre en Corée*. Mais rien n'a la force d'impact et le retentissement des images filmées durant la Première Guerre mondiale, ou pendant la guerre d'Espagne. La révolution russe, à travers les films d'archives, parle mieux de ce bouleversement définitif : par les grands événements que la caméra a capturés — la famille de Nicolas qui va bientôt périr assassinée, la figure hallucinée du moine Raspoutine, la répression, les discours de Lénine filmé de trois quarts, les premiers défilés populaires — mais surtout dans les images de cette quotidienneté d'un monde en train de changer, les rues de Saint-Pétersbourg avant octobre, déjà encombrées de voitures et de tramways, les visages des paysans saisis au bord des routes devant leurs champs, surgis du Moyen Âge. La montée vers la guerre en Europe occidentale, les vagues de ces visages de jeunes hommes dont la plupart vont périr sous les balles des mitrailleuses, les premiers combats aériens filmés dans le ciel, images tressautantes, zébrées par les balles, ou la vue du champ de bataille de Verdun, la caméra balayant les collines calcinées, les corps désarticulés amoncelés dans les tranchées, tout cela que l'objectif a saisi de son œil froid, qui nous est restitué à la manière d'un souvenir à la fois proche et étranger, dans une sorte d'inhumaine objectivité que l'éloignement du temps ne parvient pas à atténuer. Rien ni personne ne pourra mieux dire l'effrayante emprise du pouvoir nazi en Allemagne dans les années 1930 que les parades militaires et les monstrueuses grand-messes hitlériennes à Berlin, filmées par l'actrice Leni Riefenstahl, dans le film de propagande commandité par Hitler, *Triumph des Willens* : cette foule organisée, canalisée par les milices et les chefs de section, défilant dans les rues en portant des flambeaux, ou massée au garde-à-vous devant la tribune, face aux aigles et aux drapeaux, sous les bannières et les arcs de triomphe, et résonnant à l'unisson, hypnotisée par la voix qui jaillit des haut-parleurs. Cette scénographie, en partie artificielle — on imagine bien que dans cette foule se dissimulent un grand nombre de figurants —, a eu un tel pouvoir de conviction, une telle efficacité, qu'on peut se demander jusqu'à quel point ces films n'ont pas servi de modèle aux futures dictatures, en Union soviétique, en Chine populaire, en Amérique latine.

Le cinéma, dès son commencement, invente la réalité, la modèle et la transforme. L'intérêt que nous trouvons, cent ans après, à contempler les premières images d'actualités, vient en grande partie de ce constat : ce que nous voyons n'existe plus, mais nous savons que cela a existé. Ces hommes, ces femmes que nous regardons bouger, parler, rire, que nous saisissons au détour de leur vie, ont respiré, ont pensé, rêvé, ont aimé comme nous. Nous sommes semblables au prince Hamlet maniant le crâne du bouffon Yorick. La réalité de l'image animée rend ce mystère encore plus difficile à comprendre, encore plus angoissant. Toutes les données sont là, à portée de regard, et cependant c'est le sens que nous ne parvenons pas à trouver. Comment tout cela, cette histoire, cette vérité, ces instants de vie ont-ils été possibles ? Qu'y a-t-il en eux qui nous les rend étrangers ? Avons-nous changé à ce point ? Savons-nous des secrets que ces témoins ne percevaient pas, ou bien, au contraire, sommes-nous incapables, du fait du passage des générations, d'imaginer ce que pouvait être la vie pour un jeune Allemand de Dresde ou de Berlin avant la guerre, pour une ouvrière polonaise au temps du ghetto, pour un paysan ukrainien dans la jeunesse de Staline ? Et si cela est vrai, si l'image ne nous livre que des ombres, et que la réalité nous échappe, que dire de *Dersou Ouzala* filmé en Sibérie cent ans après le voyage du cartographe russe Vladimir Arseniev ? Comment comprendre les événements les plus récents, les plus proches, les plus significatifs dont nous avons été partiellement contemporains — la chute du mur de Berlin, la guerre au Kosovo, l'affrontement des Israéliens et des Palestiniens, les massacres au Biafra, au Rwanda, la famine au Darfour, l'assassinat des Kurdes en Irak, le bombardement de Bagdad par l'aviation américaine ?

Le cinéma tout entier, qu'il soit document ou fiction, réaliste ou fantastique, porte cette part historique qui en réduit l'effet. On parle souvent de la censure — comme s'il s'agissait d'un contrôle visible, de grands ciseaux occupés à mutiler la pellicule pour répondre aux interdits d'une époque. Et c'est vrai que dans l'art cinématographique est inclus tout ce qu'on ne voit pas, qu'on ne peut pas voir. Il n'est pas inutile de savoir, par exemple, que dans les années 1950 il n'est pas possible de filmer une scène de baiser sur un lit, sauf si la dame a gardé un pied au sol. Et qu'aujourd'hui encore, dans le système moral hollywoodien qui prévaut, la nudité féminine — et encore davantage la nudité masculine — est plus sévèrement censurée que la violence de la guerre. Les interdits sont plus nombreux qu'on ne le croit : interdit de la mort, de la vieillesse, de la maladie, interdit de l'homosexualité, du métissage, du suicide. Le cinéma est parfois désigné par le corps législatif ou judiciaire comme l'unique responsable des maux dont souffre la société contemporaine, alors que ses images ne sont que le reflet d'une réalité. *Peeping Tom* de Michael Powell en 1960 fut accusé d'initier le sadisme filmé en vrai (les *snuff movies*). *Natural Born Killers* (*Tueurs-nés*) fut dénoncé pour avoir conduit des adolescents jusqu'au crime gratuit. Le *Rosetta* des frères Dardenne aboutit en Belgique en 1999 au plan Rosetta, destiné à lutter contre la délinquance des adolescents. Dans le même ordre d'idée, *La Haine* de Mathieu Kassovitz a été accusé d'être le signe précurseur, voire l'inspirateur de la révolte des banlieues en France.

Jean-Luc Godard avait raison de dénoncer la caméra au poing, cette sorte de perversion de l'image, dans laquelle il perçoit une dépossession de l'intelligence du réel. En 1960, *Mondo Cane* de Jacopetti donne l'exemple de ce sensationnel du monde, à la fois truqué et simplificateur (on parlera de docu choc). L'événement, l'appétit du scandale, le culte de l'actualité ne sont pas innocents. Ils nous vident de la réalité en la transformant en un spectacle où nous ne pouvons être que voyeurs. Cette banalité, cet affaissement du regard passe sur l'Histoire comme une lessive abrasive. Il n'est pas difficile de ressentir la détresse de certains prisonniers rescapés des camps d'extermination nazis lorsqu'ils ont vu pour la première fois (malgré le talent et l'émotion de Resnais) les images filmées par leurs bourreaux, dans *Nuit et brouillard*. Le froid constat, la platitude obscène de ces images leur semblaient vider leur mémoire de sa substance, la rendre caduque. À la douleur vécue dans leur chair, marquée dans leur cerveau, se substituaient ces amoncellements de corps, ces visages émaciés, hagards, cette mécanique de l'horreur qui semblait venir d'un autre monde.

Les images filmées accompagnent l'histoire humaine, lui donnent un sens qu'elle ne pouvait avoir avant l'invention du cinéma. Nous savons dans ses grandes lignes la lutte du peuple indien pour acquérir son indépendance, les moments dramatiques de la révolte des cipayes, la prise de Kanpur par les insurgés, le combat de la reine de Jansi et sa mort héroïque sous les balles de l'occupant. Mais rien ne parlera mieux de cette épopée que les images filmées par l'armée anglaise, qui montrent la foule indienne, pareille à un fleuve puissant et irrésistible, coulant sur les routes derrière Gandhi lors de sa marche du sel.

Nous ne pourrons plus vivre dans un univers sans images. À chaque instant de notre vie, en toute circonstance, cette substance virtuelle vient s'ancrer dans notre tréfonds. À chaque instant, le présent se transforme en passé, fixe les repères de cette métamorphose. Notre vie, nos gestes sont capturés par le regard mécanique des caméras, dans les magasins, les banques, sur les routes, dans les chambres des hôpitaux. Quelques peuples dans le monde résistent encore, pour combien de temps ? Les Indiens pueblos du Nouveau-Mexique ont complété leurs panneaux à l'entrée des réserves : sont interdits, les appareils photo, les caméras, et aussi les téléphones portables — puisqu'ils peuvent également filmer.

Il faut se résoudre à une nouvelle morale. Caméra au poing, les cinéastes ont inventé une responsabilité que nul autre moyen de communication n'avait portée avant eux. Aurions-nous la même idée du monde sans les reportages de guerre, les scènes dramatiques des grands événements qui secouent la planète, les tremblements de terre, les cyclones, les catastrophes naturelles ? Serions-nous concernés de la même manière par la pollution, la désertification, la saignée des grandes forêts essentielles à l'équilibre de notre planète, sans les images qui nous montrent la marche de ces fléaux ? En 1918, le typhus (la grippe espagnole) a tué plus de gens que la guerre dans les tranchées. Mais ce sont les combats dont nous gardons la mémoire, parce que les millions de morts victimes de la maladie se sont éteints chez eux quand les champs de bataille étaient devenus silencieux, et que la plupart étaient des vieillards ou des enfants. Leurs images ne nous sont pas parvenues, leurs noms ne figurent pas sur les monuments.

En réalisant un montage des archives de l'armée américaine — longtemps restées secrètes —, Tim Curran reconstitue en 2003 le film du déroulement des deux explosions atomiques qui anéantirent respectivement Hiroshima le 6 août 1945 à 8 h 15 du matin et Nagasaki le 9 août à 11 h 02. Ces événements terribles ont été montrés cent fois, nous pourrions nous être habitués. Nous avons vu le cône de vapeur montant jusqu'à dix mille mètres dans le ciel, la terre ravagée, le cratère central à Hiroshima, les murs calcinés, les blessés perdant leur peau, les enfants devenus chauves par les radiations, les vieillards dont le visage semble avoir été mangé par une lèpre. Mais nous n'avions jamais vu dans tous ses détails la lente, inexorable préparation de ce qui aura été l'un des plus grands crimes de guerre de l'histoire de l'humanité — 140 000 morts en quelques secondes, essentiellement parmi la population civile. Depuis l'élaboration secrète de la première bombe, dans les laboratoires de Los Alamos, sous la direction d'Oppenheimer, jusqu'au premier tir à Alamogordo, dans le désert du Nouveau-Mexique, qui ne pouvait laisser aucun doute sur les conséquences de l'utilisation d'une telle arme. Les préparatifs, l'attaque meurtrière d'Iwo Jima et de Yakashima, dans le seul but de réaliser la construction des pistes permettant l'envol des bombardiers géants vers le Japon. Le pilote de guerre Tibbets baptisant la première bombe du nom de sa mère, Enola Gay, le décollage vers Hiroshima. Les prises de vue à l'intérieur de la cabine, le survol de la ville à près de dix mille mètres, parfaitement visible avec son quadrillage de rues régulières et ses maisons basses. Le lâcher de la bombe, puis le virage pour échapper à l'éclair aveuglant de la déflagration. La deuxième mission vers Kokura, la masse de nuages blancs qui cache la ville, et la recherche d'un objectif de substitution pour la deuxième bombe, Fat Man : Nagasaki.

Les secondes qui séparent l'ouverture du sas de l'explosion, peut-être les secondes les plus longues de l'histoire de l'humanité, pendant lesquelles la caméra filme une petite ville portuaire qui semble endormie dans la fin de cette matinée ensoleillée d'été.

Ces images, quelle qu'en soit l'analyse qu'on en fait, quelle que soit la conclusion qu'on en tire, ne s'effaceront pas. Elles resteront dans notre mémoire. Dans cent ans, dans mille ans — si le monde dure jusque-là — elles existeront encore. C'est cela la nouvelle morale de notre ère. Elle n'a rien à voir avec les idéologies, avec les religions, avec les considérations politiques. La caméra au poing apporte des preuves. Certaines sont contestables, d'autres ne le sont pas, ne le seront jamais. Le procès n'aura peut-être jamais lieu. Les juges ne seront sans doute jamais sans défaut, peut-être même qu'ils ne viendront pas siéger. Mais les preuves seront là.

En 2005, le cinéaste reporter Eugene Jarecki reprend le titre du film de Capra, *Why We Fight* (*Pourquoi nous combattons*) — un film commandité par l'armée des États-Unis au moment de leur entrée en guerre contre l'Allemagne et le Japon —, pour dénoncer la machine politique et économique qui a entraîné les États-Unis dans la guerre en Irak. Machination politique, diront certains. Bêlement de pacifistes, ignorants des dangers du terrorisme et de la montée des radicalismes dans le Moyen-Orient. Mais rien ne pourra mieux donner la mesure de l'horreur de cette guerre, de l'horreur de toutes les guerres que l'absence d'images lors du bombardement de Bagdad par l'aviation américaine. Cette guerre sur écran d'ordinateur, semblable aux images des jeux vidéo, camouflée sous le masque d'une très haute technicité, rend encore plus assourdissantes les déflagrations des bombes de deux tonnes lâchées sur une ville — lors du bombardement final de Berlin, les bombes qui rasaient la capitale ne dépassaient pas cinq cents kilos.

Facing Aids : Thailand, le reportage de Rory Kennedy et Mark Bailey, suit la lente descente vers la mort d'une jeune prostituée atteinte du sida, venue se réfugier dans son village natal, auprès de ses parents. Ce reportage en dit plus sur le drame qui touche le dixième des habitants de notre planète que tous les traités et toutes les statistiques. L'espoir de Sah, l'héroïne du reportage, l'amour de sa mère et de sa fille, puis la colère qui s'empare d'elle quand elle approche de la mort, sa rage d'avoir été prise au piège, de ne pouvoir atténuer ses souffrances, tout cela nous touche par la force brutale de la vérité, de la réalité. Il n'y a rien entre nous et elle, rien d'autre que cette souffrance impossible à partager. Devant le bûcher final où brûle le corps de cette femme, nous savons que cette vie est en vain, que cette mort a été inutile. La mort de Sah n'agrandit pas notre connaissance de l'expérience humaine. La résignation, l'acceptation n'ont pas de sens. La colère de cette jeune femme sur son lit de mort vaut toutes les philosophies. Les larmes de sa fille, de ses parents, leur humiliation, leur dos courbé sous le poids de la tristesse nous touchent au plus profond, parce que nous savons que rien n'est feint. Seul l'objectif froid de la caméra pouvait transmettre une telle émotion, sans emphase, sans commentaires.

Sollicité par l'Unesco, le cinéaste iranien Abbas Kiarostami parcourt l'Ouganda pour rendre compte de la pandémie (*ABC Africa*). Sa caméra balaie, au hasard des routes, les paysages éclatants de l'Afrique, les villages, les marchés débordants de fruits et de légumes, s'attarde sur des images presque abstraites, la pluie qui ruisselle sur un pare-brise, un quartier de viande couvert de mouches, les ombres couleur d'encre des femmes en train de danser sur une place. Puis soudain, au sortir de l'hôpital, dans le plein soleil, cette image terrible d'un père qui emmène le corps de son enfant mort du sida, ficelé sur le tansad de son vélo.

Sommes-nous encore devant de l'information ? Tout a été dit sur l'information-désinformation qui caractérise notre ère de la photo. S'il est vrai que l'on peut faire dire n'importe quoi à n'importe quel témoignage visuel, et que l'image parfois nous dépossède de l'émotion en banalisant l'extrême, comment pourrions-nous désormais ignorer ce que la caméra nous donne ? L'énorme accumulation d'images qui entoure notre existence ne doit plus être appelée de l'information. Elle est la création d'un monde idéal, parallèle à notre réalité, sans lequel celle-ci n'a plus de sens. Nous pouvons y puiser le meilleur et le pire. Désormais il ne nous est plus possible de vivre sans ce miroir. Sans doute n'avons-nous pas encore déchiffré les mythèmes et les morphèmes de ce langage. Nous savons seulement qu'il nous relie les uns aux autres, non pas à la manière du village global qu'évoquait avec une certaine ironie Marshall McLuhan, mais plutôt comme un code général dont nous essayons tour à tour les possibilités. Cette communication à l'échelle mondiale est notre enfer et au même instant notre vieux rêve de fraternité. Il ne s'agit pas de croire en un avenir meilleur qui a peu de chances d'arriver. Mais qu'il soit aujourd'hui impossible de tuer un enfant au coin d'une rue, au hasard d'une fusillade, ou d'enfermer des humains dans des cages pour les exterminer, sans que le monde entier en soit averti, n'arrêtera sans doute pas les pogroms et les guerres urbaines. Mais en fixant ces crimes dans notre mémoire, la caméra nous en rend responsables, nous en rend redevables. Peut-être un jour nos enfants, ou nos petits-enfants, voyant ces images, refuseront le retour fatal de ce qu'elles montrent. Hausseront les épaules, et passeront à autre chose.

L'amour,

au cinéma cela va de soi. Histoires de désir, lent mouvement de la séduction — ou coup de foudre qui est probablement une invention du cinéma. Passion, déraison, manœuvres, jalousie, désespoir, vengeance. Abnégation, courage, amour jusqu'à mourir. Toute cette architecture mentale, ce jeu imaginaire qui fait la vie, le cinéma s'en est nourri, s'en est rempli, jusqu'à l'excès. Très vite, dès l'invention de l'étrange machine par les frères Lumière et par Thomas Edison, le cinéma est sorti de son rôle d'attraction foraine, de science amusante, des arroseurs arrosés et des *bathing beauties.*

L'amour au cinéma, ç'a été l'invention des actrices. Quand Zukor cherche une vedette du théâtre pour interpréter en 1912 le rôle de la reine Élisabeth, c'est à Sarah Bernhardt qu'il s'adresse. Sarah, c'est la grande amoureuse, sa seule présence dans un film — fût-il historique — apporte un intérêt pour le public, qui touche à la passion. Lillian Gish, Musidora, Mary Pickford, et l'étrange magnétisme des filles du Nord avec Asta Nielsen et Greta Garbo vont être à l'origine du mythe de la star, l'image virtuelle de la femme qui incarne le rituel de l'amour. Et quand elle n'a pas de nom, elle n'en est pas moins un symbole, comme cette jeune fille vêtue de blanc qui attend l'arrivée du train en gare de La Ciotat, immortalisée par les frères Lumière, en qui Georges Sadoul reconnaît la première actrice jamais filmée [1]. Bientôt, c'est pour elles surtout que l'on ira au cinéma, pour trouver la passion, l'émotion, la projection de ce que les femmes et les hommes voudraient vivre, et aussi une éternité de la jeunesse et de la beauté, d'autant plus sidérante qu'elle se propage dans le monde entier (contrairement à l'art élitiste du théâtre) au même moment. Greta Garbo dans *La Rue sans joie* de Pabst, Mabel Normand et Edna Purviance dans les films de Charlie Chaplin, ou encore Bebe Daniels qui accompagne Harold Lloyd, ce sont elles qui font de cet art trop jeune un art adulte, et qui le transforment définitivement, moins par les rôles qu'elles ont interprétés — parfois assez passifs — que par le désir et l'idéal féminin qu'elles représentent. Désormais, les réalisateurs (des hommes dans la totalité des films produits avant la guerre) ne pourront plus concevoir leurs films autrement que dans une suite d'échanges amoureux entre eux-mêmes, le public et leurs actrices.

L'amour aura été la grande affaire de Bergman, ce qui l'a inspiré tout au long de sa vie. En 1952, il réalise l'un de ses plus jolis films, et sans doute l'un des plus romantiques : *Monika* (le titre original est *Somma-*

1. Georges Sadoul, *Histoire du cinéma mondial des origines à nos jours*, Paris, Flammarion, 1949.

ren med Monika, Un été avec Monika). C'est le film qui sert de matrice aux œuvres majeures de Bergman, *Une leçon d'amour, Les Fraises sauvages, Sourires d'une nuit d'été.* Il parle de l'amour entre Harry et Monika (merveilleuse Harriet Andersson), deux adolescents ignorants de la vie, inconscients, pleins d'espoir et de désir.

L'amour, c'est l'été de leur existence. Ils découvrent la nature, la mer, les îles, la sauvagerie de la vie, qui les extirpe de la banalité et de la laideur du quotidien, de Stockholm bruyante, chaotique, agressive. L'amour est leur rêve de ciné, dans lequel Monika se laisse entraîner — *Song of Love* qu'ils vont voir ensemble, et qui fait pleurer Monika, tandis que Harris, plus réaliste, s'ennuie et bâille. Le regard de Bergman rêve sur les paysages marins, sur les reflets et les remous de l'eau, sur le sillage du canot automobile, dans une impression de début du monde mêlée de mélancolie. Aucun film n'a montré à ce point l'amour de la vie, la joie presque animale des humains dans ce moment unique et bref de leur existence, quand ils croient qu'à eux seuls ils vont pouvoir arrêter la machine de la société, réaliser la nudité de l'âme et du corps.

Le sordide du retour au réel, l'échec de l'amour et l'abandon de Monika, trop jeune, trop pauvre pour supporter la vie médiocre à laquelle la condamne son mariage, ne parviennent pas à dissiper le sentiment de bonheur du commencement, l'ivresse de ces deux enfants qui ont, l'espace d'un été, réussi à être complètement libres.

n'a pas cette mélancolie. C'est sans doute le film le plus heureux d'Ingmar Bergman. Le scénario — la pièce de théâtre — qu'il commence à écrire à l'occasion d'un séjour en Suisse en 1955 correspond pourtant à l'un des moments les plus sombres de son existence, où l'idée du suicide le hante. Comme il le relate lui-même dans *Laterna Magica*[1], l'hôtel Monte Verità où il s'est installé est isolé du monde, face à la chaîne des Alpes. Son seul voisinage est une sorte d'hôtel-hôpital qui sert de lieu de convalescence à de jeunes malades principalement atteints de syphilis. Dans ce cadre mortifère — on pense au pays qui a inspiré à Mary Shelley son *Frankenstein ou le Prométhée moderne* — Bergman oublie les tâches auxquelles il est astreint pour écrire le scénario de cette fantaisie légère, pleine de joie de vivre et de jeunesse, qui aurait pu inspirer Offenbach ou Strauss.

D'abord, l'été.

Dans le souvenir de Bergman, l'été, cette année-là, brûlait avec une ardeur particulière. Beaucoup de scènes, raconte-t-il, durent être tournées en extérieur, tôt le matin, et malgré cela les techniciens, les acteurs et lui-même étaient rapidement trempés de sueur. La température de l'air était telle que les lampes des projecteurs brûlaient. Cette ardeur n'était pas dans le scénario, mais elle est entrée dans les images, elle apporte quelque chose au rythme même du film.

1. Ingmar Bergman, *Laterna Magica*, New York, Viking Press, 1988.

C'est l'été scandinave, avec ses longues veilles qui durent plus longtemps que la nuit, l'éclat de sa lumière qui dévoile la passion, qui exagère les désirs et fait naître l'instinct de liberté. C'est cette lumière qu'on remarque d'abord dans certains des films de Bergman (dans *Monika, Jeux d'été,* ou *Les Fraises sauvages*), elle qui donne le premier sens aux images. Elle éblouit dans les rues, elle éclaire l'intérieur de l'appartement de l'avocat Fredrik Egerman, elle brille dans le parc de la comtesse Armfeldt, dans la campagne alentour. Elle unit les scènes par une sorte de lenteur, de paresse sensuelle. Anne, la femme de Fredrik, est une belle endormie, elle se réfugie dans un rêve puéril et capricieux, comme si elle ne voulait pas sortir de l'enfance. Deux ans après son mariage, apprend-on de la bouche de Fredrik, elle est encore vierge. C'est l'arrivée de l'été qui va bouleverser sa vie.

Le thème majeur, dans *Sourires d'une nuit d'été,* c'est l'éveil, la découverte des sens, la naissance de l'amour. Chez Bergman, l'élément de la lumière, cette lenteur onirique, a une raison d'être, cela se rapporte au sens de son œuvre — et c'est pourquoi, sans doute, ce film a parfois été déconsidéré par la critique cinéphile, traité d'accident dans la carrière du réalisateur, une de ses rares tentatives de s'essayer à la comédie (lui-même ajoutant le sarcasme à la critique en insistant sur le fait que son film coûtait beaucoup d'argent, et était censé en rapporter encore davantage).

Pourtant c'est cette longueur du temps (on s'interroge souvent sur l'heure dans *Sourires d'une nuit d'été,* et dans la plupart des films de Bergman), c'est cette longueur, cette langueur qui peu à peu nous font entrer dans la quête du désir et du bonheur des protagonistes. C'est ce temps infini qui sous-tend le drame, qui rappelle la présence de la mort — la tentative de suicide de Henrik, le jeu de la roulette russe auquel le comte Malcolm convie Egerman — et qui annonce surtout la trahison ultime, quand Anne quitte définitivement son mari pour partir à l'aventure avec le jeune homme avec lequel elle a découvert le plaisir de l'amour. C'est cette présence de la nature et de la lumière qui relie les actions des êtres humains aux seules certitudes, à l'obsession de Bergman pour la fragilité de la vie. À son empreinte swedenborgienne, à son héritage religieux.

Ce qui diffère dans *Sourires*, ce qui étonne, c'est la légèreté du ton, une sorte d'insouciance, l'appétit du bonheur, la jeunesse, un air de moquerie. Tous les films de Bergman sont des œuvres de théâtre, et c'est encore plus vrai ici. *Sourires d'une nuit d'été* est un marivaudage, un feu d'artifice de mots d'esprit, de drôlerie, de sarcasme. Le jeu des portes qui s'ouvrent et se ferment, les quiproquos, les situations burlesques se succèdent, s'additionnent jusqu'à l'absurde. La double cloison qui pivote sur commande, dans la chambre jadis occupée par le roi de Suède, pour lui permettre de faire entrer dans son sommeil la femme qu'il désire, au son d'un cupidon joufflu sonnant de la trompe. Les jeux de la jalousie, les mensonges, les apartés. Fredrik aime Anne, mais ne consomme pas le mariage. Malcolm aime Désirée, qui lui préfère Fredrik, son amant de naguère. Charlotte aime son mari Malcolm, malgré ses trahisons, et pour le rendre jaloux, elle parie qu'elle saura séduire Fredrik. Anne, dans son innocence, aime Henrik, le fils de son mari. Henrik, l'éternel adolescent, dit son père, « s'aime lui-même, aime l'amour ».

Comédie des erreurs, badinage. En apparence, le scénario de Bergman nous renvoie au théâtre — plutôt au vaudeville qu'à Musset ou Marivaux. Dans cette comédie légère et cruelle, les effets sont avant tout populaires. Fredrik à demi endormi enlace sa femme Anne en murmurant le nom de son ancienne maîtresse. Petra (toujours Harriet Andersson) est la soubrette classique, délurée malgré ses dix-sept ans, prête à tout pour monter les degrés de la société. Fredrik est avant tout un barbon qui a épousé une fille trop jeune pour lui : quand il entre dans le hall de son appartement, derrière sa tête se superposent les magnifiques cornes d'un cerf empaillé. Chaque fois qu'il parle à son fils résonne le cri du coucou. Le « dragon » Malcolm tient en effet des propos de soudard sur les femmes, et lorsqu'il expulse Fredrik de l'appartement de Désirée, celui-ci doit marcher dans les rues vêtu d'une simple chemise de nuit et coiffé d'un bonnet — cette même coiffe qui a arraché à Désirée une remarque célèbre : « Tu es extraordinairement humain ! » Enfin, la scène finale est l'apothéose du théâtre de boulevard : Henrik, désespéré par l'amour impossible qu'il éprouve pour sa belle-mère, tente de se suicider en se pendant. Mais la corde lâche et le fait basculer sur le fameux mécanisme du roi qui ouvre la cloison et offre au jeune homme, en guise de remède à tous ses maux, le lit sur lequel Anne est endormie. La trompette de cupidon entraîne les amants dans leur bonheur, et laisse le vieux mari à sa solitude, qui sera consolée, on le devine déjà, par la belle Désirée. Le film de Bergman se termine comme il a commencé, dans la légèreté cruelle de la comédie, à la manière d'un exercice de style — et malgré la froideur des cuistres, le jury du festival de Cannes cette année-là (1955) ne s'y trompa pas, qui donna à Bergman le prix de l'humour poétique pour *Sourires d'une nuit d'été.*

Puis il y a tout le reste, tout ce qui ne se dit pas, n'est pas écrit dans le scénario, mais qui est suggéré, et qui unit le film aux autres œuvres du réalisateur. Son obsession du temps qui passe, son extrême nostalgie pour le monde enchanté de l'enfance. C'est toujours le même rêve que Bergman détaille ici, cette demeure au bord de la mer — la maison d'été, Varoms (l'« Ours »), où il a passé toutes ses vacances d'enfant, remplie du matin au soir par les jeux et les éclats de rire des jeunes filles. Dans *Laterna Magica,* Bergman raconte l'histoire merveilleuse et tragique de Linnéa, la jolie servante dont il était secrètement amoureux, qui tomba enceinte et s'enfuit avec son amant, puis se suicida. Cette découverte des sens, cette illusoire liberté ont hanté toute sa vie, elle a été le rêve amer par lequel l'adolescent s'éveille à l'existence. Dans *Les Fraises sauvages,* au terme de son existence égoïste et vaniteuse, Isak Borg rencontre sur sa route la même demeure vide, où résonnent encore les éclats de voix et les mélodies de son adolescence, où les petits déjeuners — le grand déjeuner chez la comtesse Armfeldt — sont des fêtes et des joutes de mots, du théâtre et de la vérité, des instants de bonheur que rien ne doit effacer. Et c'est cette mémoire qui sauve les humains du vide de la mort.

Le film de Bergman, tous les films de Bergman sont des déclarations d'amour pour l'âge d'or de la jeunesse, jeunesse des êtres, jeunesse de la pensée, jeunesse de l'art. Même au sommet de la légèreté, on peut y voir une référence implicite à Kierkegaard, à Nietzsche. Ce que Bergman excelle à montrer ici, c'est l'éclat d'une civilisation dans un temps donné — particulièrement, la fin de l'aristocratie suédoise, à la veille de la Grande Guerre, juste avant la révolution industrielle. Un monde poli, élégant, où maîtres et valets sont encore à leur place, où la bourgeoisie ose encore se moquer de l'arrogance des militaires, où la complicité dans la passion tient lieu de morale suprême. Un monde où le théâtre et l'opéra sont les formes les plus élaborées de l'art, où l'esprit a le pas sur la méchanceté, et où la violence des sentiments s'exprime encore dans un langage choisi, vaguement suranné, qui garde son charme malgré les apparences. Un monde où rien n'est vraiment sérieux, rien n'est vraiment important hormis l'amour. Où les femmes savent mieux que les hommes ce qu'ils veulent, et pour arriver à leurs fins utilisent avec une science instinctive les armes de la séduction, la musique, les jeux de l'esprit et le reflet des miroirs.

À la hantise du temps qui s'en va, de la vieillesse qui est à la porte, s'oppose l'impatience, la hâte de la jeunesse. À l'âpreté des adultes qui les pousse à vouloir toujours posséder — Fredrik Egerman possède Anne, Charlotte possède Malcolm, Egerman lui-même voudrait posséder le passé de Désirée, avoir des droits sur son enfant — s'opposent la vérité et le désir physique de Henrik et Anne. La force de la jeunesse désarme à jamais don Juan, et il n'y a rien de commun avec la dangereuse obsession de Valmont. En restant délibérément dans le registre de la comédie, Bergman retrouve le sens du théâtre qu'il aime, de Shakespeare, Molière, ou Ibsen. Dans la plupart des films de Bergman, ce sont les femmes qui ont raison, parce que leur situation dans la société traditionnelle les oblige à être plus intelligentes que les hommes. Son modèle, c'est l'artiste, Désirée Armfeldt, une femme libre de son corps et de son cœur, en qui Bergman voit l'idéal féminin, qu'il rencontre chez sa femme Gunnar, et qu'il décrit en ces termes : « Une fille de première qualité, belle, grande, athlétique, des yeux d'un bleu intense, un grand rire, de jolies lèvres charnues, une fille ouverte, montrant de l'orgueil, de l'intégrité, et une force toute féminine. » Désirée la comédienne, ou Marie la danseuse de *Jeux d'été*, des femmes délibérément libres, doivent toujours garder leur raison. Désirée Armfeldt le chante, tandis qu'elle marche en compagnie de son ancien amant Fredrik Egerman — un long travelling sous les tilleuls, dans la nuit chaude de l'été suédois : « L'amour est la loi de la sagesse. »

La Maison et le monde,

de Satyajit Ray, est d'abord un témoignage de l'amour que le cinéaste porte aux actrices qu'il fait jouer. Avec Bergman, Ray est sans doute le réalisateur qui est resté le plus fidèle à ses acteurs, et plus particulièrement à ses actrices — la différence est que lui ne les épouse pas ! Il identifie leur rôle à leur propre vie, et pour ainsi dire les façonne, les modèle. *Le Monde d'Apu,* le dernier volet de sa trilogie sur la vie d'un jeune garçon du Bengale, comporte une des scènes les plus érotiques du cinéma indien, au demeurant très chaste. Selon la tradition indienne, Apu (Sumitra Chatterjee) épouse une très jeune fille, encore une enfant, Aparna. Rien n'est montré de leur nuit de noces, mais le lendemain matin Apu, resté seul dans la chambre, découvre avec émotion l'épingle à cheveux de sa jeune femme, qu'elle a oubliée sur l'oreiller en défaisant sa coiffure, et rêve à son bonheur en la tenant dans sa main. Aparna, c'est l'actrice Sharmila Tagore, dont c'est le premier rôle. Au moment du tournage elle n'a que quatorze ans ! Elle jouera par la suite dans de nombreux films de Satyajit Ray. Mais c'est dans ce premier film, dans ce rôle ambigu de la femme-enfant, qu'elle incarne l'idée de Satyajit Ray de l'amour, un sentiment inachevé, fragile, le seul à même de donner une réalité et un épanouissement à l'existence humaine.

Dans *La Maison et le monde,* inspiré d'un conte de Rabindranath Tagore, l'histoire d'amour prend la forme du trio théâtral, le mari, Nikkil, la femme, Bimala, et l'amant, Sandip. Un quatrième personnage entre en scène, c'est l'Inde à la veille de l'indépendance. Nikkil appartient à l'ancienne aristocratie, celle qui non seulement s'est accommodée de la présence britannique, mais qui s'est identifiée au système colonial en faisant siens les principes d'égalité et de liberté, jusqu'à nier les traditions de sa propre culture. Bimala, qui a épousé Nikkil dans un mariage arrangé par les familles, est enfermée dans le gynécée. C'est son mari qui veut l'émanciper, afin de montrer au monde la beauté et l'intelligence de celle qu'il aime. Bimala quitte les habits traditionnels, prend des leçons d'anglais avec une gouvernante, chante une ritournelle mélancolique dont le refrain prend ici un sens nouveau : *The song I used to sing.* Cette chanson que je chantais autrefois.

À travers les grilles des fenêtres du gynécée, Bimala observe les rencontres de son mari avec son ami d'enfance, Sandip, un homme ambitieux, passionné, qui entraîne le peuple dans sa révolte contre l'Angleterre. Nikkil organise leur première entrevue, et, peu à peu, Bimala est séduite par les paroles de Sandip, par son enthousiasme pour la cause de l'Inde. La passion est toute neuve pour Bimala, elle l'entraîne au-delà de la bienséance, jusqu'à s'impliquer dans la révolution organisée par Sandip. Le couple a été détruit par cette liberté nouvelle, par l'ambition et le mensonge de Sandip, tandis qu'au-dehors la violence qui se déchaîne entre les communautés met fin à l'illusoire harmonie de l'Inde du Raj. Sur ce schéma classique de l'amour, de la trahison et de la politique — c'est celui du *Senso* de Visconti —, Satyajit Ray a construit un film qui est un hymne à l'amour conjugal. Dans un mouvement lent d'approche, une sorte de danse nuptiale, la caméra se substitue au regard de Nikkil, admire Bimala, tour à tour poupée ornée de saris et de bijoux, ou femme moderne, enjouée, vive, désirable, ou encore épouse soumise, effacée, qui se cache derrière l'écran du moucharabieh pour écouter la rumeur de la rue, épier le visage de Sandip en train de haranguer la foule.

La Maison et le monde comporte une séquence admirable qui fait entrer le film dans la collection réduite des chefs-d'œuvre du cinéma moderne. Dans un très long, très lent mouvement arrière, qui va en s'accélérant, nous accompagnons la marche de Bimala et de Nikkil le long du corridor qui sépare le gynécée de la maison des hommes et du monde. Elle va, très droite, la tête haute, vers sa liberté, vers sa nouvelle vie et, elle ne le sait pas encore, vers le drame qui va à jamais changer leur existence. Bimala avance, elle passe devant les vitraux dont les reflets éclairent au passage son visage et son corps. Elle est vêtue d'un sari rouge, la lumière de l'extérieur maintenant fait apparaître sur ses traits les émotions contradictoires qui la traversent. La peur de l'inconnu, l'audace, une curiosité presque enfantine pour cet au-dehors dont elle ne connaît que la rumeur. La fierté, l'assurance. La jeunesse. Sa marche est celle de l'Inde tout entière, qui doit abandonner le vieux monde pour trouver une dignité nouvelle. Mais dire de cette séquence qu'elle est un symbole n'aurait aucun sens. Dans ce mouvement de Bimala, c'est l'amour de Nikkil (de Satyajit Ray) pour cette femme qui s'exprime, un amour total, aveugle, irrémédiable. C'est toute l'œuvre de Satyajit

Ray qui se résume dans cette marche. Aucune parole n'est prononcée, on entend seulement les accents du sitar, dont le rythme va *crescendo,* pareil à un battement du cœur.

Dans la plupart de ses films, Satyajit Ray montre une grande économie de moyens. Le désir, la passion, la peur — le nuage de colère qui passe sur le visage de Sandip quand un obstacle se présente, quand Bimala hésite à donner de l'argent pour soutenir son parti —, tout est sous le contrôle de la conscience. L'amour qui naît entre Sandip et Bimala s'exprime moins par des paroles ou par des actes que par des regards, et quand Sandip veut garder un gage de leur rencontre, c'est toujours la même épingle à cheveux qu'il choisit, cette épingle qui défait la chevelure de Bimala et l'abandonne à son désir.

Les raisons de l'amour sont cruelles. Pour les hommes, l'amour de Bimala est un enjeu, jusqu'à l'absurde. Il ne connaît pas la perfection. L'inconscience de Sandip, son goût du pouvoir ne peuvent pas lui permettre de concevoir un monde meilleur. Pour réaliser son projet, il n'hésite pas à sacrifier tous ceux qui sont sur son chemin, son ami Nikkil, puis Bimala elle-même. Quant à Nikkil, son amour a été insuffisant pour empêcher la rupture de son couple, et son humanisme éclairé est incapable d'arrêter la violence qui se déchaîne à l'extérieur, entre les hindous et les musulmans.

La longue marche de Bimala hors du gynécée reste la seule expression de l'amour, cette vénération, cette adoration que Satyajit Ray, à travers le personnage de

Bimala, éprouve pour la femme indienne, pour sa liberté, sa beauté, son courage. Cette marche triomphale et dangereuse, cette danse presque, au son précipité du raga, est le symbole de la condition de la femme dans le Bengale au moment de l'indépendance, des difficultés qu'elle va devoir surmonter pour vaincre les tabous de la tradition et des déconvenues qu'elle va rencontrer dans cette quête d'une liberté nouvelle, dans son espoir d'un amour parfait, face à l'égoïsme et à l'ambition vaniteuse d'un homme.

L'avventura,

de Michelangelo Antonioni, c'est une des plus belles et des plus étranges histoires d'amour ; belle, étrange parce qu'elle ne raconte pas seulement la passion entre un homme et une femme, mais aussi la réalité qui les entoure, l'histoire d'un crime, et qu'elle parle de la société des années 1960 en Europe de l'Ouest, une société qui n'a plus rien à voir avec la guerre, qui est devenue oisive et bourgeoise, absurde et cruelle.

Étrange, la disparition d'Anna au cours d'une balade en bateau dans les îles Éoliennes. Ici, pas de quiproquos, pas de portes qui claquent, pas de jeux de miroirs ni de jeux d'esprit. Pas de révolution, non plus qu'aucun idéal, mais un sentiment désabusé, mélancolique, une sorte de fin de siècle (cette inappétence qu'on trouve chez la plupart des cinéastes italiens, chez Fellini, chez Visconti dans *Mort à Venise,* chez Bertolucci).

Il y a la nature. Brutale, hostile, omniprésente. Un certain romantisme des éléments : ciel orageux, mer démontée, rochers noirs. On pense à la menace sourde qui pèse sur les protagonistes dans *Key Largo* de John Huston.

Le cinéma alors vient de sortir de sa crise sociale. La guerre, le fascisme, le conflit des générations, les grèves de l'après-guerre et le sentiment de culpabilité de ceux qui ont connu la défaite et l'Occupation, toute cette pathologie qui a nourri le réalisme militant n'a plus de raison d'être. Antonioni appartient à la génération suivante, et il est le cinéaste moderne, comme De Sica, Visconti et Rossellini sont des classiques et Fellini un grand baroque.

La disparition d'Anna, on le comprend tout de suite, n'est pas le sujet du film. Aucune explication ne sera donnée, aucune résolution ne sera apportée au mystère. Pourtant Anna reste présente tout au long du film, et c'est cela qui donne à l'histoire son étrangeté.

Étrangeté de la disparition, mais étrangeté aussi des rapports entre son amant Sandro et son amie Claudia — étrangeté du visage de Monica Vitti, littéralement modelé par Antonioni, son jeu lent, maladroit, l'impression qu'elle donne d'être une fille trop simple, perdue. Étrangeté de son regard au strabisme légèrement divergent, étrangeté de son âme aliénée au monde.

Étrangeté du lieu. L'île, nue, violente, un chaos de lave heurté par la mer, où on trouve dans les fractures du sol des tessons de poterie d'une autre ère, où on sent la présence maléfique du passé, peut-être quelque Minotaure dévoreur de jeunes filles. Ou tout simplement le refuge de contrebandiers.

L'île n'apparaît qu'au début. Un décor absurde où évoluent les participants de la promenade, fantomatiques et démobilisés, assez semblables aux transnocturnes fatigués de *La dolce vita* sur la grande plage où ils trouvent échoué dans le sable, par hasard, un poisson au regard vide qui leur ressemble.

Pas plus qu'Anna on ne reverra l'île. Mais sa fureur sauvage, le froid de la tempête qui entoure la cabane où les promeneurs se sont réfugiés, la mer surtout, cette Méditerranée sombre qui a dévoré jadis la vie de Shelley, ce ciel, ce vent sont entrés dans le cœur de Claudia et de Sandro, ce sont eux qui dictent les conditions de leur amour. Le désir de Sandro pour Claudia, la passion qui grandit entre eux, ces sentiments n'apparaissent au début que pour combler le vide laissé par l'absente, pour lutter contre le froid de l'île.

Pour Sandro, la séduction est avant tout un jeu — c'est le vertige de don Juan, son besoin de se rassurer, son appétit de domination. Pour Claudia la terrienne, c'est la peur de la solitude.

Claudia attend Sandro dans la rue, elle n'est même pas sûre d'avoir envie de lui céder. Il y a alors cette scène violente dans laquelle Claudia marche lentement au soleil, et viennent à sa rencontre des vagues de jeunes hommes que sa beauté attire, mus par le besoin sexuel, voyeurs, prédateurs, ils la frôlent, ils la respirent, ils la regardent, et dans cette parade à la fois grotesque et tragique s'exprime toute la brutale fausseté des rapports entre les femmes et les hommes, la solitude fondamentale qui ne peut céder que dans l'espoir vacillant, imaginaire, de l'amour absolu. Un peu plus tard, dans une autre scène, Claudia, restée seule dans sa chambre d'hôtel tandis que Sandro est parti en quête d'aventures faciles, cherche l'odeur de l'homme qu'elle aime et se couche par terre, le visage enfoui dans de vieux linges.

Si on compare *L'avventura* au roman *L'Ennui* d'Alberto Moravia, qui l'a inspiré, le film d'Antonioni est résolument réaliste, c'est-à-dire, en fin de compte, plutôt optimiste. L'incommunicabilité entre les hommes et les femmes est une donnée, un principe fondamental. Elle existe au même titre que l'injustice, la cruauté, l'égoïsme. L'univers d'Antonioni ne traite de rien d'autre que du monde des adultes. C'est un univers sartrien, très éloigné du paganisme exultant de Pasolini.

L'image en est l'expression : la composition calculée, le jeu du noir et blanc (*L'Éclipse*, l'année suivante, sera le dernier film sans couleurs d'Antonioni, suivi par *Le Désert rouge* en 1964), ce que Peter Bondella appelle « un style de plus en plus abstrait[1] ». Cadrages, objets symboliques — le téléphone, le train —, l'esthétique se substitue au message politique de la révolution, pour nous faire entrer dans l'âge d'homme, c'est-à-dire dans un cinéma conçu comme une recette du bonheur plutôt qu'un moyen de recherche.

La solitude qui imprègne les images de *L'avventura*, jusqu'à l'insupportable, nous donne aussi la vibration

1. Peter Bondella, *Italian Cinema*, New York, Unger, 1983.

de la jouissance. L'inconstance de l'homme, sa faiblesse, sa vanité ont pour corollaire le besoin de posséder, l'illusion du bonheur de la femme. C'est ce constat, en solde de tout compte, qui permet de vivre.

L'aventure, ce n'est pas seulement la passion. C'est le monde qui entoure les humains, tel qu'il est : la mer, la terre sauvage, les éléments. Et tel qu'ils l'ont créé : les villes, les routes, jusqu'à la surréelle beauté des usines. C'est pourquoi nous avons toujours besoin d'Antonioni, aujourd'hui. Il nous prouve que les humains valent mieux que leurs faiblesses. L'amour qu'ils ont inventé, cet amour muet du cinéma, fait de gestes et de regards plutôt que de mots, est notre espoir de transcendance.

de Mohsen Makhmalbaf (le titre iranien est *Nassereddin Shah, Actor-e*), un film de montage sur le mode comique, mêle images d'archives et citations d'auteur sur l'arrivée de la première caméra à Téhéran, dans un palais royal hanté par des chats (sans jeu de mots inutile). Cette caméra monumentale, attendue comme une sorte de jouet invité pour satisfaire le caprice du tyran, et circulant dans les rues encombrées de Téhéran avant de trouver sa place au palais, c'est le commencement de l'aventure moderne, le début de la conscience universelle. En elle, autour d'elle se bousculent les clichés, la silhouette disloquée du petit bonhomme Charlot, les visages des actrices, la danse des sept voiles, les scènes mille fois relancées, et continuant sa ronde au milieu de tout cela, Nassim, le héros du *Cycliste* qui pédale en rond sur sa bicyclette, son visage éclairé par une extase.

L'humanité de l'art cinématographique, ce n'est pas un chant révolutionnaire ni la promesse d'un amour éternel et sans faille. Elle est plutôt dans le chaos des idées et des images, dans toute cette rumeur, ce flux qui vient de toutes parts et nous parcourt, mêlant le passé et le présent, le vrai et l'irréalisable, le drôle, le léger et le cruel.

L'Humanité, le film de Bruno Dumont, c'est la présence lourde, charnelle. Une lenteur, une stupeur. Pharaon de Winter, Domino. Le paysage froid du Nord, le ciel démesuré, la terre brune. Un village-rue, silencieux, des maisons ouvrières alignées, une jeune fille qui prend le pâle soleil. Le périmètre étroit où se joue l'horreur du crime, une enfant violée et tuée, son corps nu abandonné au bord d'un chemin, contre la terre fraîchement labourée, son sexe meurtri où le sang est figé. Le train qui traverse l'horizon. La brutalité des gestes, l'absence de langage. Un constat, semblable à celui de *L'Origine du monde* de Courbet : de la photo en gros plan d'un sexe féminin peut naître le sentiment d'appartenir à une tribu humaine, peut-être à une famille. La force, la raison de Domino — il faut dire la beauté de Séverine Caneele, son visage d'enfant, son corps de femme, quelque chose en elle de brut, de naturel, issu d'un très ancien modèle humain, sculpté dans l'ivoire. Dire combien il est rare que le jeu d'une actrice semble aussi étroitement relié à la vie de la personne qu'elle incarne. Et de même, ce qu'on lit, ce que Dumont nous donne à lire dans le regard étonné de Pharaon de Winter, d'Emmanuel Schotté. Sans doute n'aurions-nous pas une telle sensation de proximité, de parenté, s'il ne s'agissait d'acteurs amateurs, pour un instant sortis de leur vie, de leur quotidien, pour endosser un habit d'éternité. Dumont parle de ce que l'acteur non professionnel apporte au film, cette part de lui-même qui n'était pas prévisible, dépouillée de toute vanité, très nue, très crue. Dans la peinture sans doute trouve-t-on les exemples de ce que Robert Bresson cherchait, non pas des rôles mais des modèles, l'équivalent au cinéma de la jeune inconnue peinte par Domenico Veneziano, ou la sorte de distorsion qui crispe le visage du Docteur Gachet dans les tableaux de Van Gogh, le regard transparent, traversant, de Jeanne Hébuterne dans le portrait que Modigliani a fait d'elle avant de mourir — avant qu'elle se défenestre.

L'humanité, nous la demandons aux images. Nous avons soif de visages, de corps. Dans *Dersou Ouzala* de Kurosawa, l'apparition d'un petit homme aux jambes arquées, au visage large, buriné. L'impression qu'il nous donne d'arriver de l'autre côté de la terre, non comme un revenant (incarnant l'aventure du début du siècle, quand le Russe Arseniev cartographie pour la première fois l'immensité de la Sibérie) mais comme un prophète des temps à venir. Sur une terre plate, bleutée, tachée de neige, Dersou Ouzala donne le feu, l'amitié, la magie du chaman. Dans une des plus belles scènes du film, Dersou Ouzala coupe des brassées de roseaux pour construire un abri pour la nuit, alors que le soleil disparaît, et que le crépuscule envahit la steppe d'une sorte d'angoisse ancestrale.

L'humanité, c'est l'odeur que Pharaon de Winter respire dans le cou des hommes, avant qu'on les emmène pour être justiciés. L'odeur de la peur, l'odeur du crime, l'odeur de la fraternité. Aucun art, hormis le cinéma, ne peut ainsi connecter le réel et le théâtre, l'acteur et le vivant. En se lançant dans cette représentation dont il n'a aucune idée, dont il ne connaît pas le déroulement, et ne peut prévoir la fin, le metteur en scène reçoit en même temps qu'il donne, invente ce qu'il croit déjà savoir, titube, hésite, regarde. Jean-Luc Godard, qu'on interroge dans les coulisses du festival de Cannes, parle de cette « caméra au poing » qui vole les images, alors que la caméra, dit-il, est faite pour recevoir. Dans *Nanouk*, Flaherty reconstitue le réel de l'expédition au Groenland, il fait revivre par Nanouk les grands événements de sa vie, la chasse à l'affût, la construction d'un abri contre la tempête, les fêtes, les incantations. On voit Nanouk marcher dans la neige, silhouette lourde, archaïque, aussi vieille que le monde. Et l'on ne peut s'empêcher de penser qu'il est mort quelques années plus tard, dans cette réalité, mort de faim, lui et toute sa famille, après avoir tué tous ses chiens.

C'est cette humanité qui nous bouleverse aujourd'hui encore, malgré le passage du temps, malgré Hollywood, malgré tout ce qu'on sait du cinéma, des acteurs, de l'argent, des faux-semblants et des prétentions. Ce moment où l'on n'est plus tout à fait dans le vrai, mais pas encore dans le prétexte, ce moment où l'acteur, l'actrice — Severine Caneele, Emmanuel Schotté, Anne Wiazemsky — sont sur le bord, à la limite de la métamorphose, plus tout à fait eux-mêmes, et pas encore des personnages.

Moment étrange que tous les metteurs en scène ont approché, car dans ce vertige ils trouvent peut-être une réponse à la question toujours posée de la légitimité. Celui qui joue est-il celui qui écrit, et celui qui écrit est-il maître de ce qu'il demande ? Robert Bresson n'a jamais posé d'autre question, car c'est celle de la nature humaine. Dans *Au hasard Balthazar*, l'humanité échappe sans cesse, elle est remise en doute, elle est fluctuante (autant que la morale évidemment). Marie n'est jamais celle qu'on attend qu'elle soit, elle n'est jamais là où les autres voudraient qu'elle fût. La violence qui rôde dans la campagne est sa seule certitude. Il n'y a pas de raison au mal, il n'y a aucune justification aux coups que reçoit Balthazar, l'âne qui passe de main en main. Dans *Pickpocket*, ce sont les mains de Martin Lassalle qui volent dans les poches, et ce simple geste, répété, irrésistible, creuse un vertige que rien ne peut combler. Dans *Lancelot*, le chevalier dans son armure croit frapper les ennemis, conquérir l'amour de Guenièvre, expier son crime. Mais c'est la terre qu'on voit, souillée, piétinée, la terre ordinaire où tombent les corps, la terre que frappent les pas des chevaux dans le fracas de casseroles des armures qui s'entrechoquent. La terre aussi entre les jambes de Balthazar l'âne, car le temps de sa vie n'est rien d'autre que ce chemin parcouru, ces arpents franchis en vain, ces champs labourés par ses sabots, de la naissance à la mort. La vérité n'est rien d'autre que ce que nous voyons, nous enseigne Bresson, mais elle est entièrement dans ce que nous voyons. Sur les traits du visage d'Anne Wiazemsky, dans le doux modelé de ses pommettes, la forme de ses yeux, l'éclat de sa bouche, la ligne innocente et sensuelle de son dos. Dans le jeu entre sa vie et son rôle, entre celle qu'elle est et celle qu'elle ne deviendra pas, jusqu'à son sacrifice, jusqu'à sa mort, dans cet instant décrété, mis en place et rendu signifiant chaque fois que le projecteur se met en marche et que l'écran s'éclaire.

Partant du point où l'ont laissé Bresson, Cassavetes et la Nouvelle Vague, Mohsen Makhmalbaf et Abbas Kiarostami ont aventuré le cinéma plus loin, ont inventé d'autres façons de filmer, un autre regard, en dehors, ou à côté, ou peut-être simplement en dedans. Le cinéma d'aujourd'hui est-il iranien? Quand l'élan initial s'épuise, dans l'amoncellement de trucages et d'effets spéciaux, dans le grand déballage du pathos hollywoodien, l'art cinématographique est prêt à renaître sous une forme nouvelle, à chercher d'autres débouchés. Ce flot de rêves et de fantasmes, d'imaginaire et de témoignages, ce fleuve d'idées, de mots, de formes, que le cinéma alimente depuis sa naissance, cette eau doit s'écouler. Elle doit couler par tous les pores, irriguer par toutes les artères.

Le Cycliste

de Mohsen Makhmalbaf est sans doute l'un des grands films du cinéma d'aujourd'hui (réalisé en 1985). C'est une histoire bien singulière qui nous est racontée. Cela se passe en Iran, à la frontière avec l'Afghanistan. Un homme, un immigré du nom de

Nassim, accompagné de son fils, cherche en vain du travail. Sa femme est gravement malade, elle attend dans l'antichambre d'un hôpital l'argent qui lui permettra de se faire soigner. Dans cette banlieue poussiéreuse, surpeuplée, personne n'a besoin de personne. Les autocars manœuvrent sur la place, des hommes, désespérés comme Nassim, s'allongent sur le sol, la tête contre les roues des cars, dans l'attente de la mort. Nassim, grâce à son fils, échappe à la tentative de suicide. Il finit par être engagé par le patron d'une sorte de cirque ambulant, pour rouler à bicyclette autour d'une place, pendant une semaine sans s'arrêter, afin d'être l'enjeu des parieurs. On lui trouve une vieille bécane, et la ronde commence, lentement, autour du bassin de la place. Au début, il n'y a pas grand monde pour le regarder. Des curieux, des vieux oisifs, des enfants moqueurs. Puis, peu à peu, d'heure en heure, de jour en jour, la légende grandit. La caméra ne quitte pour ainsi dire jamais le cycliste, filmé tantôt de près, son visage de prophète tendu par la souffrance, tantôt de loin, une silhouette à peine réelle titubant au milieu de la foule. Dans le brouhaha de la place, il reste silencieux, il ne prononce pas un mot, ne demande rien, ne se plaint pas. Sa voix, c'est tantôt la musique gémissante que diffuse un haut-parleur, tantôt le boniment du régisseur cherchant à attirer les parieurs. Sa voix, c'est plutôt le grincement régulier de la chaîne de la bicyclette, tandis qu'il continue à tourner, indifférent à ce qui se passe, plongé dans une sorte de rêve extatique. Tour après tour, quelque chose se transforme sur cette place. Le pari absurde devient une sorte de vœu, un sacrifice. L'appât de l'argent cède le pas à un combat pour la dignité. Nassim ne roule plus simplement pour gagner l'argent qui soulagera sa femme, il roule pour l'honneur du peuple afghan, pour le triomphe des faibles et des déshérités sur le pouvoir des riches, sur la corruption des politiques. Les jours, les nuits passent, et Nassim roule toujours sur sa bicyclette. À présent, une foire permanente s'est installée autour de sa ronde, on y vend de la nourriture, des souvenirs, du bric-à-brac. Des familles ont dressé leurs tentes, on a accroché des banderoles, une ambulance est arrêtée à proximité, un médecin est chargé de surveiller l'état de santé du cycliste, au moyen d'un tensiomètre que l'infirmière installe en courant à côté de lui. L'on passe sans cesse du dramatique au comique, même à une sorte de stupéfaction, tandis que Nassim continue de tourner. Son visage est tendu par une sorte de jouissance, ou de souffrance. Les yeux à demi fermés, il pédale en somnambule, sans rien voir de ce qui l'entoure. Lorsqu'il est sur le point de tomber, ses partisans le giflent, lui jettent des brocs d'eau au visage pour le réveiller. Il est devenu un héros, un symbole. Les puissants de la ville — ceux qui ont parié qu'il n'irait pas au bout de son défi — tentent de l'arrêter, sèment des clous devant ses roues, menacent d'enlever son fils. Nassim continue de tourner, et lorsque la colère le prend, il saisit un bâton et le brandit en pédalant, pareil aux guerriers afghans à cheval du temps où ils défiaient les armées anglaise ou soviétique. La victoire finale de Nassim est celle de tous les déshérités. Elle est aussi le symbole de la renaissance du cinéma engagé, après les vicissitudes du réalisme, du film de propagande, ou de l'impasse du cinéma vérité. Que ce soit en Iran n'est pas indifférent. Face à la production pléthorique de l'Inde ou de l'Égypte, le cinéma iranien ne pouvait pas grand-chose. Mais les circonstances — les conditions politiques, l'héritage culturel, les considérables difficultés économiques que connaît l'Iran depuis la fin de la dictature du Shah et le passage par l'ère de fermeture du règne des ayatollahs — ont permis le développement d'une nouvelle forme de réalisme, qui mêle la poésie, l'humour et le constat social. Les films de Makhmalbaf (Mohsen, mais cela est vrai aussi des films de sa fille) ont tous cette approche très particulière du réel qui les apparente à l'exercice de l'art. Le sujet du film n'est pas seulement ce qu'il montre, mais la façon dont il raconte l'histoire, le rapport du réalisateur avec les acteurs, et le lien des acteurs avec leur propre personnage.

Dans *Un instant d'innocence*, Makhmalbaf visite un épisode de sa propre jeunesse, à l'époque du Shah, durant lequel, alors qu'il était étudiant, il a voulu poignarder un policier. Les personnages sont en quête de leur propre histoire. Makhmalbaf et le policier doivent choisir leurs doubles, qui joueront le rôle de ceux qu'ils étaient dans leur jeunesse. Les personnages et leurs doubles font et refont inlassablement les mêmes gestes, parlent, circulent dans une ville déserte — très tôt le matin, les galeries du marché couvert où a eu lieu l'attentat sont encore vides — et tentent de revivre ce moment qu'ils ne comprennent plus. Ils ajustent leurs souvenirs, essaient de surmonter leur peur, leur ressentiment. C'est très drôle, et au même instant pathétique. À la fin, rien n'est résolu. Makhmalbaf n'a pas réussi à retrouver la logique qui l'a conduit à ce geste, et le policier n'a pas résolu la douleur de cette blessure qui a changé sa vie, en l'empêchant de se marier.

L'humanisme de Mohsen Makhmalbaf a inspiré en grande partie l'œuvre d'Abbas Kiarostami, qui est lui aussi un des réalisateurs les plus inventifs du cinéma contemporain. Dans *Au travers des oliviers*, à la manière d'*Un instant d'innocence*, c'est la construction du récit cinématographique qui est le vrai sujet du film. Nous ne connaîtrons jamais le résultat final du tournage. Nous voyons seulement les deux acteurs amateurs, Hossein et Tahereh, tenter de jouer une scène, toujours la même — le garçon doit monter un escalier et dire quelques mots à la jeune fille sur le toit de sa maison. Nous comprenons peu à peu que, dans la réalité, Hossein est amoureux de Tahereh, qu'il voudrait l'épouser, mais que les parents de la jeune fille le repoussent parce qu'il n'est qu'un ouvrier illettré. L'histoire d'amour amorcée dans le scénario du vrai film est en quelque sorte reprise et transformée par l'histoire d'amour dans la réalité. Nous sommes en suspens, tantôt devant le jeu, tantôt devant le réel (lui-même joué). Et de fait, nous n'en saurons pas plus : dans la séquence finale, Hossein rejoint Tahereh dans l'oliveraie, ils marchent ensemble, ils ne sont plus que deux silhouettes qui se fondent dans le paysage. Elle s'est laissé rejoindre par le garçon, nous pouvons imaginer un dénouement heureux.

Ce va-et-vient entre le réel et l'imaginaire, Kiarostami l'a porté à son comble dans *Close Up*, dans lequel il met en scène un usurpateur d'identité, Sabzian, qui se fait passer pour le cinéaste Makhmalbaf. Démasqué, arrêté par la police, il est traduit en justice devant la caméra de Kiarostami. L'essentiel du film est en huis clos, au cours de ce procès. On ne voit rien d'autre que les visages des protagonistes : la famille dupée par l'usurpateur, le juge et Sabzian. Le procès n'est pas seulement celui d'un escroc potentiel. C'est surtout le procès du cinéma qui est montré ici, non pas un art de classe selon l'analyse de Gramsci, ni un piège à rêves à la manière du cinéma hollywoodien — mais une interrogation sur la légitimité de l'artiste. Celui qui joue à être un réalisateur est-il moins légitime que celui à qui la société a reconnu cette fonction ? Qu'est-ce qui rend l'un authentique, et l'autre un usurpateur ? Est-il moins vrai parce qu'il vit son rêve ? Le film de Kiarostami est lui-même une sorte de leurre, truffé de citations, de clins d'œil, de références à l'histoire du cinéma. Pour sa propre défense, Sabzian cite *Le Cycliste* de Makhmalbaf, fait un commentaire critique de l'œuvre pour le juge et pour la cour. Son enthousiasme pour le film fait de lui un spectateur exceptionnel, une sorte de célébrant du cinéma, que sa passion offre en sacrifice. Le cinéma n'est-il pas le lieu même des usurpations — acteurs prétendant être ce qu'ils ne sont pas, spectateurs se projetant dans ce qu'ils voient ? La métaphore de Nassim qui tourne autour de la place, et devient le porte-parole des immigrés afghans pourrait s'appliquer à Sabzian, qui veut devenir un autre, se fondre dans l'amour de l'art. Peu à peu, de même que la foule grandit autour de la petite place où Nassim vit son pari absurde et désespéré, l'audience du procès de Sabzian met au jour la profondeur des sentiments de cet homme qui voulait devenir un autre. « Au fond, conclut non sans humour le juge, ce que vous voulez, c'est être un acteur. » La séquence finale où l'on voit le vrai Makhmalbaf prendre sur la selle de sa moto son faux double, pour apporter des fleurs à la famille qu'il a trompée, est un sommet de l'humour noir. L'on pourrait penser à Lubitsch, ou même aux jeux de miroirs et de déguisements qui ont fait le cinéma comique à ses débuts.

On pourrait juger mineurs ce mode de filmer, les thèmes qui inspirent ces œuvres. Il est vrai que si on les compare aux grandes machineries du théâtre filmé, du roman porté à l'écran, les récits intimistes et à peine moqueurs de Makhmalbaf et de Kiarostami semblent s'adresser à un public plus restreint. C'est pourtant l'émotion, la force du regard, la justesse, la lucidité du message que nous retenons. Le crescendo du rythme dans *Le Cycliste,* la lumière de la photo dans *Au travers des oliviers,* l'humour grinçant, ne sont pas des artifices esthétiques détachés du réel. La société iranienne sort à peine d'une longue ère d'oppression politique, de censure, mais elle n'est pas dépourvue de moyens. Ses urgences ne sont pas celles que les géopoliticiens formés à l'école de Huntington pourraient imaginer. Sans doute lui faut-il d'abord recoudre le tissu déchiré de son vieil humanisme, davantage lié aux traditions anciennes de l'islam qu'aux programmes électoraux. La légèreté du ton, la drôlerie, le scepticisme d'Abbas Kiarostami ne sont pas un parti pris politique. Cela tient plutôt de cette autocritique, de ce sentiment de dérision qu'on trouve chez tous ceux qui ont vécu dans l'incertitude, du Tchèque Kafka au Palestinien Émile Habibi. Héritiers des expériences passées, imprégnés de toute la culture du cinéma occidental, de Chaplin à Godard ou Cassavetes, Mohsen Makhmalbaf et Abbas Kiarostami inventent une liberté, une légèreté qui peuvent servir de modèle universel.

AVANT-DERNIER INTERMÈDE

Les salles de ciné

dont parlait si bien Roland Barthes [1], ces salles anonymes où l'on se cale dans son fauteuil, éprouvant le grain du velours, le bois des accoudoirs, où on cherche sa place pour dormir ou rêver, parfois pour une session d'auto-érotisme, les pieds passés par-dessus le dossier du rang de devant. La nuit du cinéma sait être un refuge contre la brutalité du monde urbain, et le cône de lumière papillotante qui jaillit d'un trou minuscule derrière les têtes des spectateurs ouvre un puits de lumière sur l'écran qui nous happe et nous réconforte. Cette sorte de connivence d'être là ensemble, avec des gens que l'on ne connaît pas, que l'on ne rencontrera jamais — pas même à la fin de la séance, dans la bousculade qui les précipite par une porte étroite vers une rue aveuglante, étourdissante de mouvement. Pour Barthes, le cinéma était exactement à l'opposé de la télévision, l'un ouvert, anonyme, accueillant les solitudes et les espoirs, l'autre réservé au cadre (pour lui haïssable, inaccessible) de la Famille (c'est lui qui l'écrit avec un F

1. Roland Barthes, « En sortant du cinéma », in *Le Bruissement de la langue*, Paris, Le Seuil, 1984.

majuscule) — se confondant, dans la platitude et l'incolore, avec les ustensiles de cuisine et les meubles du salon.

Pour ma part, je ne connaissais pas la télévision à l'époque où j'ai découvert le cinéma — les salles de ciné. Cela existait, mais nous n'en avions pas. Mon père trouvait que cela coûtait cher. Il n'était pas particulièrement intéressé par ce qu'on appelle les médias. Il puisait son information dans les journaux anglais qu'il achetait une fois par semaine (le *Daily Telegraph*, le *New Statesman*), et en écoutant chaque soir les nouvelles à la radio (toujours la BBC). Par la suite, j'ai vécu des situations suffisamment précaires pour ne pas risquer d'être contaminé par la télévision. Pas les moyens, donc pas l'envie. Je me souviens d'avoir regardé l'écran du téléviseur (encore en noir et blanc à l'époque) chez des amis, ou lors d'une séance de baby-sitting, et de m'être beaucoup ennuyé devant les matches de foot ou les séries western avec l'acteur Clint Walker.

Lorsque j'ai commencé à fréquenter les salles de cinéma, à l'âge de seize ou dix-sept ans, je suis entré dans un cycle qui m'a apporté beaucoup de plaisir et d'émotions. C'était à Nice, qui à l'époque s'enorgueillissait de posséder cinquante salles de cinéma. Il y en avait pour tous les goûts, pour tous les prix, pour tous les quartiers. J'allais au cinéma jusqu'à deux ou trois fois par jour. On m'objectera qu'il fallait avoir les moyens. C'était une autre époque. Certains cinémas (il en sera question plus loin) étaient de véritables théâtres, présentaient les films récents, hollywoodiens, Cinémascope et Eastmancolor, et drainaient les spectateurs les plus fortunés de cette ville, qui s'endimanchaient comme pour aller au théâtre. Toutefois, les six premiers rangs étaient généralement bradés à des prix dérisoires, au cours des matinées. C'est là que j'ai vu nombre de péplums, les westerns récents, *Autant en emporte le vent*, *Pain, amour et fantaisie*, ou *Les Diaboliques*. Les amateurs désargentés pouvaient opter pour les cinémas de quartier. Chacun avait son public : les Gitans — très nombreux à Nice à l'époque — allaient au Politéama, ou au cinéma du Pin, ou de la Tour, dans la vieille ville. On y donnait des films populaires, les Maciste, les films de guerre (Audie Murphy), dans une ambiance houleuse. Le cône de lumière dont parle Barthes était la plupart du temps fracturé par la fumée des cigarettes qui montait des premiers rangs et s'interposait devant l'écran. J'ai vu des passages entiers de certains films projetés sur ce brouillard lumineux qui leur conférait une apparence fantasmagorique, voire diabolique. Des bagarres éclataient, le film était interrompu, les lumières rallumées, le temps d'un contrôle de police. Au Cinéac — le cinéma fréquenté par Gilles Jacob —, on pouvait voir pour une somme dérisoire les anciens succès. C'est là que j'ai vu Orson Welles pour la première fois dans *La Soif du mal* (*Touch of Evil*, de 1958), avant d'aller voir au ciné-club ses chefs-d'œuvre, *La Splendeur des Amberson*, *Citizen Kane*, *Le Procès*. Mais aussi toute la série des Lemmy Caution — sauf *Alphaville*, sa dernière aventure mise en scène par Jean-Luc Godard. Les incontournables du cinéma français : *L'assassin habite au 21* de Clouzot,

Quai des brumes de Marcel Carné, *Pépé le Moko* de Julien Duvivier...

Certains cinémas étaient spécialisés : le ciné Édouard-VII projetait exclusivement des films d'horreur, puis, quand la mode a passé, des films dits « érotiques ». Le cinéma Barla, des films de muscles, généralement italiens — outre Maciste déjà cité (*Maciste contre les monstres*), Hercule (*Hercule se déchaîne*). Le Mondial (la grande salle aux petits prix) permettait de voir en permanent les grands Américains, John Ford, Huston, Elia Kazan, Peckinpah, Aldrich, Cukor, Capra, Minnelli, Hitchcock. Le Magnan, presque en dehors de la ville, permettait à ceux qui les avaient manqués de voir les succès commerciaux vieux de deux ou trois ans, déjà sombrés dans l'oubli. Mais le cinéma que je fréquentais le plus, c'était le Saint-Maurice, perché dans les hauts de la ville, qui accueillait une fois par semaine le

Ciné-club Jean-Vigo

C'est là que j'ai vu la plupart des classiques. Le ciné-club, c'était une veritable institution à cette époque. C'était le temple de l'art cinématographique, servi par des cinéphiles dotés d'une vaste culture cinématographique, provenant de milieux très divers. On y trouvait des avocats tel Levamis, des profs de lycée tels Woelffel ou Salvetti, qui en constituaient le noyau dur; gens souvent intransigeants, polémiques, ils œuvraient avec dévouement à la formation d'une jeunesse qui pourrait un jour les remplacer et poursuivre leur combat. Les adhérents étaient recrutés principalement dans les lycées et collèges — beaucoup s'en détachaient à l'entrée du monde universitaire. Il s'agissait de faire prendre conscience à ces jeunes gens que le cinéma n'était pas seulement un spectacle, que les films n'étaient pas faits par les acteurs, mais par des techniciens de la caméra, qui se doublaient d'artistes. La découverte de ces principes de base était en effet assez enivrante, et correspondait au moment où les étudiants faisaient connaissance avec la critique et les fondements de l'esthétique, c'est-à-dire avec les classes de philo. Des mots nouveaux entraient dans leur vocabulaire : le scénario, le découpage, les plans, les séquences, parfois les plans-séquences. Les mouvements de la caméra, plongée, travelling. Les trucages, effets spéciaux, les fondus enchaînés. La profondeur de champ. Puis venaient les noms, nécessaires à toute culture. Les noms des grands réalisateurs, en France, à l'étranger. Les noms des techniciens, l'opérateur photo, l'assistant. Les écoles de cinéma, leur historique. Et, bien entendu, la critique : les revues de cinéma, leurs directeurs, la tendance générale de chacun de ces organes. Les écrivains de *Positif*, ceux de *Cinéma 60*, ceux des *Cahiers du cinéma* — les plus exigeants, les plus radicaux. Certains adhérents, à force de voir des films, de lire des critiques, ou simplement de fréquenter cet étroit milieu, avaient acquis au fil des années une mémoire encyclopédique. Pour n'importe quel film, de n'importe quelle époque (cela excluait quand même les navets), ils étaient capables de donner les noms de tous les techniciens, de situer l'œuvre dans une filmographie chronologique ou thématique, et connaissaient par cœur la biographie des réalisateurs et des acteurs. Comme toutes les cultures en milieu fermé, ces connaissances n'avaient aucune autre fonction que d'alimenter le feu intérieur. Les participants communiaient au cours de ces réunions au moyen de ces noms et de ces références. Leur langage devenait parfois si hermétique qu'ils auraient aussi bien pu remplacer les noms des réalisateurs et des films par de simples numéros. Durant cette époque (autour de ma vingtième année), j'ai eu le sentiment d'avoir effleuré, peut-être même d'avoir mis un pied dans un monde totalement étranger, autosuffisant et parfaitement logique. Seule une mémoire déficiente, une certaine paresse, ou peut-être d'autres intérêts m'ont détourné d'entrer plus avant dans cet aréopage. Mais comme dans tous les groupements humains, j'ai compris peu à peu les variations, les modes de pensée, les exclusions, les rivalités. Le noyau dur était fait des fondateurs, gens d'un certain âge, pour qui le cinéma tournait autour de quelques grands noms, Clair, Carné, Renoir, Duvivier, des Italiens, Rossellini, Fellini, Lattuada, des Allemands, Pabst, Lang, Ophuls, des Américains, John Ford, Delmer Daves, Elia Kazan, Orson Welles, des Russes, Eisenstein, Donskoï, Vertov. Leur analyse était classique, modérée, toujours technique. Un certain bon goût prévalait. Je crois en retrouver l'expression dans l'*Histoire du cinéma mondial* de Georges Sadoul. Un groupe de dissidents s'en détachait à mes yeux, progressivement. C'étaient des gens plus jeunes, plus audacieux, parfois excessifs, pour qui la bienséance n'avait aucun sens, et qui lui préféraient un enthousiasme militant. Ils étaient intéressés par un certain esthétisme. Au cinéma classique, maniant avec lourdeur les thèmes humanistes, ils préféraient un cinéma intelligent, osant le parti pris, et faisant appel à un « second degré ». Parallèlement aux grands films expérimentaux du cinéma-vérité, à *La Jetée* de Marker ou à *La Pyramide humaine* de Rouch, au *Signe du Lion* de Rohmer, ils étaient capables d'aimer les films populaires, de porter au pinacle le *Frankenstein, or the Monster* de James Whale, à cause de la présence de Boris Karloff et de Mae Clarke, et de crier leur engouement pour les films de vampires pour l'amour de l'actrice Barbara Steele (inoubliable dans *La maschera del demonio* de Mario Bava). Le mot *underground* ne circulait pas encore, et celui d'*indé* n'avait pas été inventé. Mais il me semble reconnaître les prémices de ces mouvements. C'était une époque illusoirement facile. Revenir du ciné-club à cinq ou six dans une belle américaine, rouler sur le front de mer à quatre heures du matin, et finir la nuit au *Storyville* donnait l'assurance de faire partie des happy few, d'une élite, peut-être d'une éternelle jeunesse.

Malgré tous ses défauts et les critiques que l'on peut lui faire, le ciné-club Jean-Vigo reste, pour ceux qui l'ont connu, un lieu extraordinairement brillant, où la fièvre du cinéma pouvait se propager et donner des frissons, où l'on pouvait recevoir la part la plus vivante de cet art. Au moment d'en parler, il me semble éprouver encore l'espèce d'impatience qui s'emparait de nous, avant la projection, tandis que le présentateur, fiches en main, faisait l'historique de ce qui avait inspiré, porté et mis au monde le film que nous allions découvrir. La séance terminée, nous étions lâchés dans la nuit, au sommet d'une colline. Il n'y avait plus de bus, et peu d'entre nous disposaient d'un moyen de locomotion. Commençait alors la longue descente vers la ville, durant laquelle nous parlions avec emportement, parfois avec justesse, de ce que nous avions vu, de ce que nous avions vécu. Des flirts parfois s'engageaient entre garçons et filles, des amitiés se resserraient. Dans les rues désertes, les discussions se prolongeaient, au pied d'un immeuble, sur une place. Il y avait des contrôles de police (c'était l'époque troublée de la guerre d'Algérie, des sociétés secrètes marxistes). Je me souviens d'incidents étranges, de rencontres imprévues. D'une certaine façon, le cinéma était entré dans nos vies, nous avait transformés. C'était un temps de passage, l'accession à une réalité plus générale, dans laquelle nous percevions le roulement des vagues du monde. Par la suite, certains ont continué sur cette route, sont devenus professeurs, critiques. J'imagine que quelques-uns ont même réalisé des films. L'étonnant, c'est que le point de départ de tout cela, c'était cette petite salle aux sièges usés de moleskine rouge, loin de tout, archaïque, odorante, inconfortable, qui changeait de nom une fois la semaine pour prendre celui d'un des tout premiers génies du cinéma universel.

L'archéologie du cinéma, pour moi, ce n'est pas cette première époque, celle des Max Linder, Chaplin, Keaton, Méliès, si fertile en inventions, en imagination, si audacieuse. Les films de cette époque,

L'Ange bleu de von Sternberg, ou le surréaliste *Zéro de conduite* de Jean Vigo, on peut les voir aujourd'hui dans une petite salle, sur un écran à peine plus grand que celui de l'appartement de ma grand-mère où nous projetions *Le Manoir hanté,* avec le même plaisir que s'ils venaient de sortir.

Non, l'archéologie du cinéma, c'est cette production grandiose, grandiloquente, un peu monstrueuse (parce que monstrueusement coûteuse) qui a marqué l'apogée des grands cinémas des années de l'après-guerre, et dont la production non moins monstrueuse et coûteuse du cinéma hollywoodien est le dernier avatar.

Ceux qui ne l'ont pas connu ont du mal à comprendre ce qu'était le cinéma de cette époque-là. Pour accueillir ces superproductions, on avait construit juste avant la guerre des salles gigantesques, pouvant contenir des milliers de spectateurs, et qui portaient bien le nom américain de *movie theaters.* C'est dans une de ces salles que j'ai assisté à Nice à la projection des péplums majeurs : *Les Dix Commandements, Ben Hur, Le Colosse de Rhodes, Spartacus.* Je me souviens particulièrement de *La Tunique,* péplum chrétien des années 1950. La salle s'appelait l'« Escurial », nom bien trouvé pour accueillir un tel spectacle. C'était un chef-d'œuvre de l'art postmussolinien, avec un plafond à douze mètres, un immense balcon flanqué de loges et de loggias, un rideau de scène en velours cramoisi, et dont les murs latéraux et le hall d'entrée étaient décorés de fresques néoclassiques représentant des matrones romaines et des guerriers hoplites sur fond de collines éternelles.

Le film avait bénéficié d'un battage publicitaire important. Bien entendu, je n'avais pu assister à la grande première (provinciale), mais dans les semaines qui ont suivi j'ai réussi à me procurer un ticket pouı une matinée à petit prix dans les six premiers rangs, pour laquelle les potaches du lycée allaient sécher les cours de grec et de latin — mais qui allait leur en apprendre certainement davantage sur l'Histoire ancienne.

En vérité, j'ai un peu oublié le film. Je revois cette tunique qui passait de main en main et qui finissait par le triomphe de la vraie foi sur les arcanes du paganisme romain. Je n'ai pas été vraiment ému. Mais ce qui m'a marqué, c'est l'entracte. Le film durait assez longtemps, probablement un peu plus de deux heures, et pour rompre la tension du spectacle — ou peut-être l'ennui — une assez longue interruption avait eu lieu. Durant cet entracte, une saynète était donnée sur une estrade bâtie devant l'écran, dans laquelle des acteurs de complément (le nom qu'on donnait à l'époque aux figurants) recrutés par les studios de la Victorine représentaient un tableau vivant de la Rome antique — garçons en toge prétexte, soldats en costume de centurion, jeunes filles très gracieuses dans leur robe pastel qui dégageait une épaule brillante à la lumière des spots, leurs cheveux coiffés en chignon retenus par un diadème en strass. Je ne me souviens plus si le public sérieux avait boudé la représentation pour aller fumer dans les couloirs. Ce que je sais, c'est que les lycéens des six premiers rangs n'ont pas bronché. Pour une fois, la modicité du prix les favorisait, car ils étaient aux premières loges pour applaudir ces beautés. Je me souviens aussi que les ouvreuses avaient revêtu, le temps de l'entracte, leur tenue de Romaine pour balader devant les rangées leurs paniers d'eskimos glacés et de caramels. Comme on dit, ça c'était du cinéma !

Fermer les yeux,

inventer un cinéma pour les aveugles.

N'est-ce pas absurde ? C'est pourtant ce dont je rêve parfois. Dans l'ombre de la salle, enfoncé dans la cavité protectrice de mon fauteuil (de plus en plus confortable de nos jours) dans cet espace qui est limité par mes genoux calés contre le dossier de la rangée devant moi, la nuque reçue par cette sorte d'oreiller de bois à la japonaise que forme le haut de mon propre dossier, je ferme les yeux et je me laisse porter par la vague du film, que je ne reçois plus que par les oreilles, par les vibrations de l'air, et par ce sens cénesthésique qui accompagne une rumeur d'ensemble, pareille à un bruit de rue, de foule sur la place publique, une présence humaine très forte.

Je ferme les yeux. J'imagine. C'est là, tout proche, cependant inaccessible. Le cône de lumière qui tressaille au-dessus de ma tête, l'écran perlé. Certes, je connais toute cette machine, je connais sa part de réalité visuelle. Mais quand je ferme les yeux, il se passe autre chose. C'est pour un instant. C'est un jeu. Nous l'avons tous fait, à un moment ou à un autre : marcher dans un appartement éteint, tituber dans une rue que l'on connaît, les mains tendues. Un jeu cruel. Faire l'aveugle, comme on ferait le sot, comme on ferait le mort. Et pourtant. Le cinéma existe pour ceux qui ne voient pas. Pour eux aussi existent les livres, les pièces de théâtre, les musées de la sculpture, les expositions de peinture. Oui, la peinture : je me souviens de ma grand-tante mauricienne, devenue aveugle à la fin de sa vie, recluse dans son petit appartement de Nice, qui me parlait du rayonnement des couleurs sur sa peau, et qui m'affirmait qu'elle pouvait sentir la présence de la lune dans le ciel. Encore cette lumière d'ailleurs, pâle et perlée, que je rapproche de celle du cinéma. C'est de ce cinéma-là que je voudrais parler. Ni paradoxe, ni gageure, mais une chose qui existe. La rumeur. Les voix animales amplifiées dans *Ordet*, le balancement d'avant en arrière d'Ohama quand elle pèse sur la rame en chantant, dans *Ugetsu monogatari*, le bruit de l'eau sur la coque du canot où les amants de *Monika* dorment enlacés, le mugissement des péniches quand glisse l'*Atalante* sur le fleuve, le bruit des insectes et des plantes dans le jardin où les enfants jouent, dans *Le Fleuve* de Renoir, la fureur de la tempête qui passe sur le récif noir où Claudia attend Anna toute une nuit dans *L'avventura* d'Antonioni, le bruit de l'océan dans *Breaking the Waves* de Lars von Trier, dans *Once Were Warriors* de Lee Tamahori, le bruit des klaxons et le grondement de la ville sur le toit de *L'Immeuble Yacoubian* de Marwan Hamed.

Les films parlent parfois une autre langue que celle des images. Dans *Gabbeh* de Makhmalbaf, la langue du conteur, qui fait monter de l'horizon le chant du loup de l'amant à cheval, et que reprend la voix chevrotante, ergotante, d'un vieil homme irrémédiablement amoureux d'une chimère. La voix de Marguerite Duras, dans *Hiroshima, mon amour,* son flux et reflux raconte une scène d'amour dans la ville la plus tragique du monde, et c'est cette voix qui nous emmène dans un autre temps.

À l'abri de la coque de son fauteuil, la nuque appuyée sur le dossier du siège, bien au chaud dans la fraîcheur des climatiseurs, loin du brouhaha de la ville, isolé mais conscient de la fraternité des spectateurs, il (elle) regarde. C'est un film choisi pour aller vers le sommeil. Non pas qu'il soit ennuyeux. Au contraire, c'est un film aimé, connu, presque répété par cœur, une vieille ritournelle ou un cahier de cartes postales. Chaque chose à sa place. *Meet Me in St. Louis,* de Vincente Minnelli, par exemple. Judy Garland, sa voix chaude, puissante, et une absence totale d'intrigue, seulement un rouleau qui déroule des chansons légères, sans importance, des images sans violence, l'amour en comédie, l'amour rêverie à deux. Le ciné des somnambules, une sorte de ciel éternellement bleu où vaguent les nuages, et vous vous laissez haler le long de leur marche...

L'enchaînement des plans, des séquences, et les paupières s'alourdissent. Vous sentez monter en vous une sorte de vague qui part de l'épigastre et remonte vers le cœur, la gorge, les poumons, mais vous ne vous noyez pas. C'est une fumée plutôt qui se glisse dans vos veines et vos capillaires, envahit lentement votre cerveau. Les sons de la musique, les chants de la voix humaine, les conversations, les rires. Des bruits de pas, des portes qui s'ouvrent et se ferment. Un battement régulier, celui de votre cœur, ou bien est-ce l'oscillation de l'horloge générale du monde ? Vous sentez arriver le sommeil, mais c'est une sensation agréable, très douce. Le cinéma tout entier est votre maison, votre berceau. Vous glissez, vous tombez, puis vous planez. Autrefois on disait que le rêveur sortait de son corps pour s'envoler vers d'autres régions. Il revenait toujours un peu fatigué, mais heureux. Il ne rapportait rien dans ses mains, pas même une poignée d'herbes ou de cheveux. Il s'était simplement endormi.

Si le cinéma n'était que la rencontre d'une image et d'un son, serions-nous à ce point capturés ? Si ça n'était que la construction d'un dialogue, aimerions-nous à ce point les films de Bergman ? Il suffirait alors de les lire, ou de les voir jouer sur les planches. Reconnaîtrions-nous nos rêves s'il suffisait d'ouvrir les yeux ?

La musique

peut être ce qui restera quand on aura tout oublié du cinéma. On ne dira jamais assez de mal de Hollywood, de la machine à fric, des innombrables, innommables navets qu'elle a produits. Mais il faut lui savoir gré d'avoir inventé, réalisé et nourri un genre parfait. Entre 1940 et 1960, le cinéma américain aura produit l'essentiel du genre dans lequel il réussit le mieux, la comédie musicale. Cukor, Howard Hawks, Minnelli, Billy Wilder, Capra, tous s'y sont essayés, avec plus ou moins de bonheur. Certains y ont atteint des sommets. Le genre est éblouissant, donne le vertige : il n'a pas vraiment besoin d'un scénario, mais de lyrics, et de musique, et surtout d'acteurs. C'est une sorte de cirque où seul l'équilibre maintient en place cette architecture fragile et disparate. Il suffit d'un rien, d'un mauvais pas de danse, d'un mot de trop, d'un regard trop sucré, d'une chanson trop plate, et tout retombe. Il n'y a aucun autre but à la comédie musicale que le divertissement. Mais quand elle réussit, c'est magnifique. C'est amusant. C'est épatant. C'est plein de rêve et de réalité, d'acidité, de méchanceté, d'amourette, parfois d'émotion. Inoubliables, *The*

Wizard of Oz, Ziegfeld Follies, A Star Is Born, avec Judy Garland (ah, les mots de Gershwin, quand James Mason dit à Garland : « Vous avez ce petit quelque chose qui change tout »), *The Sound of music* avec Julie Andrews, ou le délicieux *You Were Never Lovelier* (*Ô toi ma charmante*) de 1942 avec Rita Hayworth et Fred Astaire.

Pour moi, la comédie musicale, c'est *Easter Parade,* (de Charles Walters, musique d'Irving Berlin, 1948) avec Judy Garland (toujours elle, elle pour toujours !), Fred Astaire et le prodige des claquettes Ann Miller. Il ne se passe pas grand-chose dans le film : Judy Garland, alias Hannah Brown, est danseuse dans un cabaret, pauvre, naïve, trop gentille. Elle remplace au pied levé Nadine Hale, la star du moment, et la dépasse. Elle devient une actrice célèbre, et elle défile enfin dans les rues de New York pour la parade de Pâques, elle qui avait rêvé un jour d'y assister aux premières loges. Mais tout est là, et dans la chorégraphie acrobatique de Fred Astaire, dans la gaucherie de Judy Garland, son visage d'enfant. La musique, les couleurs font une sorte de feu d'artifice sans début ni fin, sans but ni raison. On a l'impression d'être emporté dans le tourbillon d'une jeunesse indifférente aux pleurs du monde, dans une sorte de tourbillon de sons et de couleurs qui fait durer éternellement l'instant. On est touché au cœur, peut-être parce qu'on pense au destin de Judy Garland, à sa mort tragique dans une chambre d'hôtel, triste répétition de la fin de Marilyn.

Bollywood

C'est l'autre Hollywood (Mumbai, capitale du cinéma indien). Si j'ai envie d'en parler dans cette Ballacination, c'est parce que l'on en parle peu, que l'on en parle mal. Bollywood, à son seul nom les cinéphiles frémissent. Il y a ceux qui détestent, et ceux qui aiment pour de mauvaises raisons. Les premiers renvoient à une sorte de dédain pour une Hollywood du tiers-monde dont la production superfétatoire serait inversement proportionnelle à la qualité des films. Je n'en disconviendrai pas, leur laissant la responsabilité de cette évaluation — les bons, les mauvais points de la critique cinématographique. Les autres, ceux qui osent aimer, parlent d'un triomphe de l'art kitsch, une curiosité, voire une monstruosité cinématographique dont on ne peut se régaler que dans un deuxième (voire un troisième, un dixième) degré.

La réalité, c'est que le cinéma indien est un cinéma comme les autres, c'est-à-dire qu'il comporte une minorité de très mauvais films, une autre minorité de films excellents, et que la majorité est faite de films très moyens. L'autre réalité, c'est que les critères ne sont pas les mêmes. L'idée d'un art universel est une invention du monde moderne. Le filtre que le bon goût utilise, dans le monde occidental, ne peut être valable en Orient ou en Afrique. Cela est particulièrement vrai dans le cas des films musicaux, c'est-à-dire dans l'essentiel de la production de Bollywood. Aux yeux d'un cinéphile français ou américain, tout est critiquable : dans le film indien, il trouvera le scénario ridiculement sentimental, le jeu des acteurs excessif, la musique sirupeuse, la photo criarde. S'il décide d'aimer malgré tout, il aimera par goût du paradoxe, parce qu'à ses yeux ces excès sont une sorte de pied de nez au classicisme, parce qu'ils parlent d'un monde dont il goûte justement les excès, et qui évoque pour lui une sorte de liberté des sens, un comique spontané, une manière d'être exotique. Le cinéma indien rejoindra dans son esprit la collection d'objets et de souvenirs qu'un touriste rapporte dans ses bagages, tableaux naïfs, enseignes, ex-voto, affiches, colifichets et autres chromos. Ce sera son musée amusant, son album de vacances idéal. Le refus systématique me paraît préférable.

Bollywood, c'est un monde à soi tout seul (je ne parle pas seulement des studios). Sa production couvre la moitié de la planète humaine, pour beaucoup elle est le seul cinéma, le seul accès au monde des images. On voit des films indiens en Afghanistan, en Iran, en Égypte, à Maurice, en Afrique noire, et jusqu'en Chine ou en Indonésie. À l'intérieur de ce cadre, tout peut être exprimé : les drames familiaux, les relations à l'intérieur du couple, le conflit entre générations, entre communautés, l'affrontement des religions, l'ambition politique, l'écologie, l'urbanisation, la peur de la mondialisation, c'est-à-dire la condition humaine générale. On y trouve des comédies qui sont aussi réussies que la production hollywoodienne, légères, drôles, sans doute un peu trop légères, tels *Fanaa* de Kunal Kohli, avec Kareena Kapoor dans le rôle d'Aliya, ou *Taal* (1999) de Subhash Ghai, avec l'actrice Aishwarya Rai, mondialement connue grâce à ses yeux verts et aux photos publicitaires pour une marque de cosmétiques. L'histoire d'une fille pauvre qui aime un garçon trop riche pour elle, mais qui réussit dans la chanson populaire et peut enfin être acceptée par la famille du prétendant.

On trouve des films dramatiques, *Baghban* (2003) de Ravi Chopra, avec Amitabh Bachchan, l'histoire d'un couple qui s'est sacrifié pour éduquer ses enfants, se voit rejeté par eux quand ils ont grandi, et se réfugie chez leur fils adoptif. *Veer-Zaara* (2004) dont la vedette est le célèbre acteur Shah Rukh Khan, dans le rôle d'un policier indien amoureux d'une musulmane du Pakistan, et qui se sacrifie pour ne pas déshonorer la femme qu'il aime.

On trouve aussi des films historiques, politiques : *Lagaan*, d'Ashutosh Gowariker — sans doute le plus célèbre des films de Bollywood à travers le monde, qui relate, sous la forme d'un match de cricket, l'affrontement entre les Indiens et l'armée d'occupation anglaise. Ou *Dev* (2004), histoire d'amour sur fond de terrorisme au Pakistan.

On y trouve enfin des romantiques, filmés sur un tempo très lent, accompagné d'une vraie chorégraphie et d'une vraie musique : le délicieux *Kabhi Khushi Kabhie Gham* (2001) de Karan Johar, ou le polar musical — genre spécifiquement indien — *Qila*, avec la très belle Mamta Kulkarni, la star du Maharashtra.

Tout cela pour parler de la production récente, qui montre la très grande complexité, la richesse et la jeunesse de ce cinéma. Pour aimer certains des films bollywoodiens, faut-il laisser au vestiaire ses goûts, sa culture, son éducation ? Même pas. Il suffit de prêter attention au sens, pour redécouvrir ces valeurs morales universelles que le scepticisme du monde moderne a fait oublier : l'amour filial, le rôle de la famille dans les affaires matrimoniales, le respect des anciens, possiblement ce regard féminin que le cinéma occidental peine à exprimer, et qui lui est exceptionnel (je pense au *Salaam Bombay* de Mira Nair, mais aussi à *Jiburo* de Lee Jeong-hyang, ou au joli *Lost in Translation* de Sofia Coppola). Et puis, se laisser aller au charme de la musique, oublier le temps — trois heures, plus un entracte, c'est se retrouver dans le grand théâtre classique, dans le *Ramayana* à l'ère magique d'Ayuthya. Sans doute sommes-nous formatés pour deux heures de spectacle, une brève incursion dans le rêve. Il nous faudrait, pour comprendre Bollywood, retrouver la longueur du temps de notre adolescence, aller au cinéma l'après-midi (et plutôt danser le soir !) quand le soleil est fort et que l'ombre des cinés est chargée d'odeurs et de langueur. Dormir, peut-être. Rêver, tomber de nuage en nuage au gré des images, entouré par les éclairs...

Le cinéma demain sera-t-il coréen ?

Question tendancieuse, un peu vaine, évidemment. On a envie de répondre, le cinéma sera universel ou ne sera pas. Il n'y a pas plus de sens à dire de Renoir et d'Eisenstein qu'ils sont l'un français, l'autre russe, que de rappeler que Shakespeare est un auteur anglais, ou Don Quichotte un personnage espagnol.

Pourtant, avec le recul, l'histoire de cet art nous apprend que le cinéma a été japonais pendant la période qui a précédé et celle qui a suivi la Seconde Guerre mondiale, que la comédie musicale a été l'invention du cinéma américain dans les années 1950, et que l'audace et le renouvellement auront été français au moment de la Nouvelle Vague.

Le cinéma coréen aujourd'hui est lié à l'histoire de la ville de Séoul, à sa vitesse d'accroissement, à la transformation de la société traditionnelle. Il est lié au goût des Coréens pour la littérature, au fait que la Corée est sans doute l'un des pays au monde où l'on publie le plus de traductions de toutes les langues. Il est lié enfin à l'histoire récente de ce pays, à la mémoire d'une des guerres les plus meurtrières et les plus injustes des temps actuels, qui a tracé une frontière et brisé en deux une nation autrefois homogène.

Sur ce terrain est née une culture originale, mêlée de violence et de politique. Après la littérature — *L'Invité* de Hwang Sok-yong ou *La Vie rêvée des plantes* de Lee Seung-U —, le cinéma coréen a repris l'héritage réaliste là où l'avaient laissé les Italiens et les Japonais. La violence qui transparaît dans le cinéma, dans la littérature, loin d'être gratuite, est l'intériorisation de la révolte contre un monde à la fois matérialiste et figé dans ses schémas intellectuels. *L'Île* de Kim Ki-duk, *Vengeance* de Park Chan-wook ou encore *Oasis* de Lee Chang-dong montrent des scènes d'une brutalité extrême, proche du cauchemar. Leurs héros sont des délinquants, des rejetés de la société, ou des handicapés, qui ne peuvent connaître que les limites de la morale conventionnelle.

Mais le cinéma coréen d'aujourd'hui n'est pas que cela. Au-delà de la violence, il montre une capacité étonnante de renouvellement des genres. Le thriller, le film d'horreur sont à l'un des extrêmes. À l'autre extrême, on trouve un cinéma intimiste, éloigné de toute violence graphique, très proche dans sa pureté du premier cinéma scandinave, ou de la spiritualité de Bresson — c'est le cas de *Jiburo* (*The Way Home*, ou *Retour à la maison*) de la cinéaste Lee Jeong-hyang.

TOUT DERNIER INTERMÈDE

Trois entretiens

Park Chan-wook est un homme d'une quarantaine d'années, habillé très simplement, comme un étudiant américain. Il a un beau visage classique, en le voyant j'ai pensé qu'il pourrait jouer le rôle d'un chevalier dans une de ces sagas historiques dont les Coréens sont assez friands — peut-être dans le fameux *Jewel in the Palace* où a joué son actrice, la très belle Lee Yeong-ae.

J'ai eu envie de rencontrer Park Chan-wook parce qu'il est un des réalisateurs originaux de ce jeune cinéma coréen qui est en train de se faire connaître à travers le monde. Ses trois films principaux, *Sympathy for Mr. Vengeance*, *Old Boy* et *La Gentille Mme Geum-ja* (ou *Lady Vengeance*), ont suscité l'enthousiasme du jeune public, et la méfiance des critiques professionnels, qui lui reprochent un recours excessif à la violence.

Pourtant il fait preuve d'une véritable unité dans son travail : le thème central de la vengeance, mais aussi une construction très élaborée qui apparente ses films au récit romanesque.

— Dans *Old Boy*, le « monstre » est enfermé dans une prison pendant quinze ans, et quand il sort il ne reconnaît plus rien parce qu'on a démoli sa maison. Est-ce que vous décrivez le changement de la vie moderne à Séoul ?

— *Old Boy* est dans un contexte différent du manga japonais original. Le manga japonais ne dit rien des changements qui ont eu lieu pendant qu'Old Boy est enfermé en prison, rien sur la réalité qu'il trouve quand il en sort. Mais je crois que n'importe quel autre réalisateur coréen aurait filmé de cette façon. Après quinze ans, aucun Séoulite ne pourrait s'attendre à retrouver sa maison. Il n'y a aucun autre endroit qui pourrait changer aussi dramatiquement en quinze ans.

— Lorsque j'ai vu *Old Boy*, une scène m'a arrêté. Old Boy, enfermé dans son cachot, n'est relié au monde extérieur que par l'écran d'une télévision. Il regarde défiler, au long des années, les faits divers, discours politiques, images de l'actualité, et même l'attentat du World Trade Center. Et soudain, presque en subliminal, passe le visage de Boris Karloff dans le *Frankenstein* de James Whale.

— Ha, ha, j'avais un peu oublié ! C'est vrai que les films de James Whale et *Old Boy* ont un point commun. Dans les deux cas, il s'agit d'une vengeance, d'un monstre qui cherche à se venger de son créateur. C'est un peu le rapport du créateur et de sa création. Et puis dans *La Fiancée de Frankenstein*, le docteur habite un haut immeuble et sa créature meurt dans un incendie. Dans *Old Boy*, Yoo Ji-tae, le méchant, dit à son prisonnier : « Toi, tu es le monstre que j'ai créé. » Et là aussi, cela se passe en haut d'un immeuble et cela finit dans un incendie.

— Dans *Lady Vengeance* (mais je préfère le titre coréen, *La Gentille Mme Geum-ja*), le thème est aussi celui de la vengeance, mais il me semble que le personnage de cette femme montre une grande force morale. Est-ce le sens que vous voulez donner ?

— Mon film est divisé en deux parties, et le point de rupture est le moment où Geum-ja découvre en regardant le téléphone portable du meurtrier qu'il est décoré avec tous les jouets des enfants qu'il a tués. C'est alors que Geum-ja cède la place aux parents des autres enfants kidnappés, elle prend de la distance et se contente d'être spectatrice — elle devient semblable au spectateur lui-même — lorsque les parents vont se venger. Je crois en effet que seule une femme pouvait garder son sang-froid dans une telle situation, et céder sa place aux parents.

— Pour cette mise à mort collective, avez-vous pensé au film *Le Crime de l'Orient-Express* inspiré d'Agatha Christie ?

— Au début, je n'ai pas pensé à ce film, mais après avoir travaillé le scénario j'ai réalisé qu'ils avaient des points communs, alors je me suis dit, ouf, mais bon, j'ai décidé de le laisser tel quel, je n'avais pas l'intention de voler l'idée d'Agatha Christie, parce que *Le Crime de l'Orient-Express* est avant tout une intrigue policière où on cherche l'assassin. L'histoire de Geum-ja serait plutôt le contraire, puisqu'on connaît le meurtrier et qu'on voit comment il est tué par chacun des parents.

— Est-ce que vous posez une question morale qui serait : si on vous donne la possibilité de tuer votre ennemi, vous allez prendre un couteau et le faire ?

— Je ne sais pas ce que je ferais si j'étais dans la situation de Geum-ja. C'est difficile de répondre juste en imaginant la situation. Mais, étant donné mon caractère, je ne crois pas que je pourrais tuer mon ennemi, je laisserais plutôt cela à la justice. D'ailleurs, dans la scène en question, il y a un des parents, le père d'une des victimes, qui recule et refuse de tuer.

— La peine de mort existe-t-elle en Corée ?

— Oui, elle est légale, mais on hésite à l'appliquer. On se souvient d'un procès dans les années 1960, où un homme a été condamné et exécuté, et par la suite on s'est rendu compte qu'il était innocent. Mais plus récemment, il y a eu un cas de terrorisme, un Coréen qui a été enlevé en Afghanistan et égorgé cruellement. Quand les Coréens ont appris la nouvelle, ils se sont regroupés en un essaim d'abeilles pour essayer d'aller là-bas pour venger la mort d'un compatriote. Je me suis inspiré de cet incident. Dans *La Gentille Mme Geum-ja,* les parents des victimes se regroupent et regardent ensemble en pleurant les cassettes qui montrent le meurtre de leurs enfants, et c'est à ce moment-là qu'ils décident de se venger. Mais tuer un homme attaché à sa chaise n'est pas une chose facile.

J'ai rencontré le réalisateur Lee Chang-dong dans une vieille maison coréenne comme il en subsiste encore dans les hauts de Séoul. Impression étrange après avoir évoqué la ville du futur avec Park Chanwook : un atelier de vêtements traditionnels, cousus main, qui sert aussi occasionnellement de restaurant.

Lee Chang-dong pourrait être acteur, lui aussi : grand, visage régulier, cheveux très noirs. Il est venu avec sa femme, jolie et élégante. Tandis que nous parlons, elle reste un peu en retrait, et verse le thé vert dans nos tasses.

Lee Chang-dong est aussi un écrivain, et la question du choix ne se pose pas de la même façon. Il a écrit des romans, réalisé plusieurs longs métrages, dont *Oasis*, un film très fort et dur qui raconte l'histoire d'un amour violent entre un attardé mental marginal et délinquant et une jeune handicapée victime de crises de paralysie.

Lee Chang-dong parle de son itinéraire vers le cinéma. Il a d'abord enseigné la littérature dans un lycée de province, puis il est devenu assistant, sans passer par l'Académie de cinéma. Quand je lui pose la question de l'engagement, dans son film *Oasis*, il exprime un certain scepticisme :

— Le cinéma ne va pas changer le regard de la société coréenne sur le handicap. Tout ce que je peux espérer, c'est un changement minime. C'est la même chose que partager la flamme d'une bougie, en allumant d'autres bougies de proche en proche.

De fait, *Oasis* est un film assez sombre. Peu de scènes d'extérieur, la photo est dans des tons de bleu, de vert, de violacé. Pourtant, malgré la violence de certaines scènes — la scène où le jeune délinquant viole celle qu'il appelle « Princesse » —, l'impression est davantage celle de la vie courante, de l'ordinaire de la vie.

— La critique féministe m'a reproché cette scène abusive d'une femme handicapée physique violée par un simple d'esprit, mais personne ne s'est vraiment posé la question : qui, dans le monde des gens normaux, pourrait tomber amoureux d'une telle femme ?

Je lui parle d'une autre scène de violence, lorsque le garçon est conduit dans le commissariat. Sa famille discute d'une compensation à verser à la famille de la victime. La salle est toute en longueur, et tout à coup, au premier plan, la jeune fille est prise de convulsions et elle se jette avec son fauteuil roulant contre les murs.

— Ce que je veux avant tout, dit Lee Chang-dong, c'est montrer le réel. La photo est une image de la réalité et pourtant, la plupart du temps, quand la lumière s'éteint au cinéma, ce n'est pas le réel que le spectateur voit.

Nous parlons du cinéma commercial, et je lui rapporte la réflexion d'Abbas Kiarostami sur les films faits à Hollywood, qui le laissent « fatigué ». Lee Chang-dong a une expression encore plus radicale :

— Lorsque je sors d'aller voir un de ces films, dit-il, j'ai l'impression d'avoir été victime d'un escroc.

Nous marchons dans la rue, dans le vent glacial. Je remarque que des passants se retournent sur Lee Chang-dong et sa femme, peut-être croient-ils reconnaître un couple d'acteurs. Lee Chang-dong est un des rares réalisateurs d'aujourd'hui qui relie son œuvre à sa vie. À chaque instant, il tisse son imaginaire avec les fils du réel.

J'avais très envie de rencontrer la réalisatrice Lee Jeong-hyang, depuis que j'avais vu son film *Jiburo* (*The Way Home*), une méditation mi-tragique, mi-drolatique sur la vieillesse, qui raconte très simplement le séjour forcé d'un petit garçon chez sa grand-mère à la campagne. Notre rencontre a eu lieu dans un grand café du quartier Sinchon à Séoul, au nom poétique, *Mintule Yeongto*, c'est-à-dire le Territoire des pissenlits — où il est possible de réserver de petites salles privées pour des conférences informelles, l'équivalent des « cabinets » des restaurants parisiens à la Belle Époque. L'endroit est amusant, bruyant et animé comme un hall de gare, il parle mieux que tout autre de la vie réelle dans cette capitale qui mêle l'antique et le moderne.

Mlle Lee Jeong-hyang m'a surpris par sa jeunesse, son humour. Elle semble très proche de l'âge de l'université, où elle a suivi des cours de cinéma et de littérature française. Dans son cartable d'écolière, elle transporte ses documents, des livres, et surtout une trousse garnie d'une douzaine de crayons. Nous avons parlé devant des tasses de thé vert, l'ambroisie de la Corée.

— Qu'est-ce qui vous a dirigée vers la mise en scène ?

— Quand j'avais quinze ans, j'ai vu le film *La Tour infernale* de John Guillermin. Je suis tombée immédiatement amoureuse de Paul Newman ! À cette époque-là, en Corée, une femme réalisatrice de film était inimaginable. J'avais ce rêve vague, je voulais devenir réalisatrice, mais je ne savais pas comment y parvenir. En février 1979, le célèbre réalisateur Hak Il

Jong est décédé et j'ai décidé de devenir réalisatrice, j'avais l'impression que c'était à moi de prendre le relais.

— Vous avez rencontré Hak Il Jong ?

— Je ne l'ai pas connu personnellement, mais j'étais fière d'être née le même jour que lui.

— C'est une coïncidence amusante, cela pourrait être le sujet d'un film ?

— Ce qui est très surprenant, c'est que vous aussi vous êtes né le même jour que moi ! J'ai étudié la littérature française à l'université Seokang de Séoul, et ensuite j'ai étudié le cinéma à l'Académie de Myeong-dong, et j'étais dans la même académie que M. Park Chan-wook. M. Park, lui, avait commencé par la philosophie. N'est-ce pas étrange que M. Hak Il Jeong, vous et moi soyons nés le même jour ?

— Ce doit être ce qu'on appelle en coréen *Inyeon* !

J'aime bien cette idée que la langue coréenne exprime par *Inyeon*, à la fois affinité et prédestination. Il me semble que c'est cela que je peux attendre du cinéma coréen, une certaine liberté, une autre façon de voir le monde. Quelque chose qu'une femme doit pouvoir dire mieux que les hommes. Lee Jeong-hyang parle de ses études à l'Académie de cinéma, de la réalisation de son premier court métrage, et des longues années d'attente.

— Parlons de *Jiburo*, si vous voulez, car c'est le seul film de vous que j'ai pu trouver.

Mlle Lee a un rire spontané, sans aucune prétention.

—Alors vous avez presque tout vu ! Je n'ai tourné que deux films, *Art Museum by the Zoo* et *Jiburo*.

— L'histoire de *Jiburo* est originale, c'est la relation d'une grand-mère avec son petit-fils. Pourquoi avoir choisi un thème si particulier ?

— J'avais écrit le scénario avant même de devenir réalisatrice. Ma grand-mère était là longtemps avant ma naissance et nous avons vécu ensemble jusqu'à sa mort. Elle est décédée avant que j'aie eu le temps de finir ce film. Je m'étais dit que mon premier film raconterait l'histoire d'une grand-mère.

— Pourquoi avez-vous choisi une grand-mère vivant à la campagne plutôt qu'à la ville ?

— Vous savez, la raison qui m'a poussée à faire ce film, c'est que je n'ai pas connu un plus grand amour que celui de ma grand-mère. Je voulais décrire cet amour dans mon film. Ma propre grand-mère vivait avec nous à Séoul. Mais j'ai eu envie de la faire vivre dans la montagne parce que j'ai compris en vivant avec elle que ma grand-mère, et toutes les grand-mères de la terre sont la nature. Je voulais montrer leur force, je voulais dire qu'elles font partie de la nature, et c'était plus évident de la montrer dans cette nature. Les gens m'ont demandé souvent pourquoi cette grand-mère est muette, est-ce que c'est parce qu'elle est devenue folle ? Mais la raison, c'est que la nature ne parle pas, elle non plus. Je voulais prouver qu'on peut montrer l'amour sans parler.

— Votre film est sans violence. C'est un film très doux, même si le petit garçon est parfois désagréable avec sa grand-mère. Est-ce que vous avez choisi de faire un cinéma sans violence ?

— Je n'aime pas la violence, le sang, ni les cigarettes ! (*Elle rit un peu.*) Je voudrais dire que même sans scène violente, on peut intéresser le public à une histoire.

Je cite le film d'Imamura, *La Ballade de Narayama*, dans lequel on assiste à des scènes très dures, les vieillards qu'on attache avant de les emmener dans la montagne, ou bien lorsque la grand-mère brise ses dents avec une pierre pour avoir l'air plus vieille. Est-ce une différence avec la culture du Japon ?

— Ce serait plutôt une différence de sexe, Imamura est un homme !

— Justement, je voulais vous en parler, mais je n'osais pas vous poser la question du féminisme ?

— On me la pose souvent. Je réponds que je préfère l'humanisme au féminisme.

— Mais vous dites que la différence avec *Narayama*, c'est celle du sexe du réalisateur. Quelles seraient les qualités apportées par une femme ?

Lee Jeong-hyang déjoue le piège du féminisme :

— Dans mes films, les personnages principaux sont des femmes. J'ai envie de donner mon point de vue sur le monde. Je ne peux pas parler pour toutes les réalisatrices, mais ce que je peux faire, moi, étant une femme, c'est de décrire ce que voit, ce que ressent une femme.

— Puisqu'on parle de la violence, pensez-vous que le cinéma mondial est dominé par le point de vue des hommes, qui montre surtout la guerre, le sang, la sexualité brutale, etc. ?

— J'aimerais bien casser cette image.

Avec modestie et humour, Lee Jeong-hyang a dédié son film « à toutes les grand-mères du monde ». Et c'est vrai qu'en le voyant, en parlant avec elle, j'ai pensé à ma propre grand-mère, qui s'est littéralement battue pour que ses petits-enfants traversent l'épreuve de la guerre.

Nous avons marché un moment ensemble dans les rues de Sinchon. Quand on la regarde par ce bout de la lorgnette, Séoul semble la ville la plus jeune du monde, affairée, bousculée, clinquante et clignotante. Dans cette foule, la silhouette légère et fragile de Lee Jeong-hyang est un peu le symbole du regard critique, attentif et passionné que le cinéma coréen d'aujourd'hui porte sur le réel...

FIN

est bien le mot le plus étrange de tout le cinéma. Pourquoi a-t-on éprouvé le besoin d'écrire ce mot, qui naguère encore envahissait lentement l'écran sur une image qu'on savait déjà être la dernière, et flottait un long temps avant de s'éteindre, tandis que les lumières doucement se rallumaient, pour ne pas vous tirer trop brutalement d'un épisode de somnambulisme ? Était-ce justement pour vous donner le mot de la fin, pour vous signifier qu'il allait falloir se lever, se rhabiller, prendre congé, retourner au réel en une colonne de pénitents, pour retrouver le bord du trottoir tel qu'on l'avait laissé, inchangé, peut-être encore plus réel, plus sale qu'avant, parfois la pluie et le froid de l'hiver ou, peut-être pire encore, le soleil éblouissant, et ce semblant de vie active que Céline soupçonnait d'être un complot des actifs pour donner un sentiment de culpabilité à ceux qui n'ont rien d'autre à faire que d'aller au cinéma ?

Fin au royaume des illusions, à la fabrique de rêves, fin à l'irréel, à l'image, pour retrouver ce qui n'est pas feint, ce qui a un sens, ce qui nous fait vivre. Fin à l'élasticité du temps, à la passion, aux grands soulèvements des sentiments, au flux des larmes, aux secousses bienfaisantes du rire, fin au drame, fin à la romance. Peut-être tout simplement fin parce que les épisodes des feuilletons dans les journaux se succédaient, étaient à suivre, et que le mot Fin marqué au bas de la page des *Illusions perdues* ou du *Journal d'une femme de chambre* marquait une étape dans la vie des lecteurs et dans celle des auteurs. Et parfois — ce fut le cas pour le roman-feuilleton *Les Échelles du Levant* d'Irène Némirovsky publié dans *Gringoire* — le mot Fin était suivi d'un silence intolérable.

Jamais mot n'a été aussi peu approprié. Fin, et les « crédits » (ce qu'on dit en anglais de cinéma) apparaissent et flottent sur l'écran, déjà en train de s'effacer comme un jour qui se lève, et rien n'est terminé. Je me souviens d'avoir marché dans les rues, au sortir d'un film, dans une sorte d'état d'exaltation mêlée d'ivresse, comme sous l'emprise d'une drogue. Ce n'était pas seulement parce que je m'étais identifié à l'histoire, à tel ou tel personnage, ou parce que le sens général du spectacle m'avait enthousiasmé. J'avais l'impression étrange de m'être dédoublé, d'être devenu, pendant cette durée, quelqu'un d'autre, de différent, et qu'il me fallait recoller les segments de ma personne, redevenir un seul, me retrouver. Non que je me sentisse aliéné. Le film m'avait plongé dans un état d'incertitude, dans un flottement. J'étais sorti des limites de ma propre existence, je m'étais agrandi, je m'étais dépassé. Je ne mets dans ces mots aucun sens moral. Le policier véreux Hank Quinlan de *La Soif du mal* interprété par Orson Welles, les antihéros des films de John Cassavetes (*Shadows, Husbands*) ou la

« gentille Mme Geum-ja » du film de Park Chan-wook, ne peuvent pas précisément être tenus pour des modèles de morale. Pourtant, leur fréquentation pendant le temps du film me donnait l'impression d'être meilleur. Plutôt que de la connaissance, les films donnent de l'intelligence — je veux dire dans l'expression « intelligence avec l'ennemi ». L'on est confronté à une autre vision du réel, l'on doit s'adapter, se modeler. Injustement, l'on dit souvent que le cinéma est le plus passif des arts. Si cela est vrai pour certains très mauvais films, cela doit l'être aussi pour les productions médiocres de la littérature, le tout-venant, le facile. Mais lorsque le cinéma remplit sa fonction, c'est-à-dire lorsqu'il exprime un regard, une pensée, un imaginaire, son travail est aussi prenant et aussi exigeant que celui du théâtre, de la poésie, ou du roman.

L'histoire se continue dans la rue, après que le mot Fin s'est effacé et que la salle de cinéma est retournée à son état de veille, c'est-à-dire de silence et d'ombre, et qu'entre les rangées de fauteuils repliés ne circulent plus que quelques souris à la recherche de miettes. L'histoire se continue, les personnages, les mots, la musique, les émotions, le partage. Les enfants miment encore quelques battements les gestes des héros, les grands parlent, discutent, critiquent. À la manière d'un écran mal éteint qui de temps en temps se rallume, des bribes de séquences passent derrière les yeux fermés des dormeurs. Des amants s'enlacent, mais c'est peut-être d'un autre amour qu'ils rêvent. Le temps s'est aboli, pour un temps. S'il revient, c'est cassé, haché, avec de brusques retours en arrière. La mémoire déraille, elle s'entrelace de souvenirs qui n'appartiennent à personne, qui ne sont ni inventés ni réels. Dans *La Rose pourpre du Caire* de Woody Allen, dans *Au travers des oliviers* de Kiarostami, le film, une fois arrêté, se poursuit ailleurs, de l'autre côté de l'écran, dans un monde virtuel, indépendant de la volonté des cinéastes et des spectateurs. Je me suis souvent demandé où allaient les mots envolés, où se retrouvaient les messages courriel disparus. À la manière des livres perdus, les images interrompues persévèrent après que la caméra s'est arrêtée de filmer, demeurent autour de nous, un peu fantomatiques, mais familières, dans les limbes de l'incréé. Sur l'écran d'un bleu irréel, devenu vide, maintenant nous pouvons nuager.

Merci :

Y U N N Y I M DB C OM
W A L T E R P U T N A M
R H E E S O U E W O N
L E E J E ON G H YA NG
W O E L F F E L A L P H
A V I L L E A L B A N C
J E M I A Z I E G F E L D
2 0 0 0 R B R E S S O N
G I LL E S J A C O B A N
T O I N E G A L L I M A
R D A N N A L E C L E Z

Œuvres de J.M.G. Le Clézio (suite)

POISSON D'OR (« Folio », *n° 3192*).

LA FÊTE CHANTÉE ET AUTRES ESSAIS DE THÈME AMÉRINDIEN (« Le Promeneur »).

HASARD *suivi de* ANGOLI MALA (« Folio », *n° 3460*).

CŒUR BRÛLÉ ET AUTRES ROMANCES (« Folio », *n° 3667*).

RÉVOLUTIONS (« Folio », *n° 4095*).

PEUPLE DU CIEL *suivi de* LES BERGERS (« Folio », *n° 3792*).

OURANIA.

Dans la collection « Folio Junior »

LULLABY. *Illustrations de Georges Lemoine, n° 448.*

CELUI QUI N'AVAIT JAMAIS VU LA MER *suivi de* LA MONTAGNE OU LE DIEU. VIVANT. *Illustrations de Georges Lemoine, n° 492.*

VILLA AURORE *suivi de* ORLAMONDE. *Illustrations de Georges Lemoine, n° 603.*

LA GRANDE VIE *suivi de* PEUPLE DU CIEL. *Illustrations de Georges Lemoine, n° 1201.*

PAWANA. *Illustrations de Georges Lemoine, n° 1001.*

Dans les collections « Enfantimages », « Folio Cadet » et « Folio Cadet Rouge »

VOYAGE AU PAYS DES ARBRES. *Illustrations d'Henri Galeron, n°s 49* et *187.*

En Albums Jeunesse

BALAABILOU. *Illustrations de Georges Lemoine.*

PEUPLE DU CIEL. *Illustrations de Georges Lemoine.*

Dans la collection « Futuropolis/Gallimard »

LE PROCÈS-VERBAL. *Illustrations de Baudoin.*

Aux Éditions du Mercure de France

LE JOUR OÙ BEAUMONT FIT CONNAISSANCE AVEC SA DOULEUR. Nouvelle édition en 1985 et 2001 (« Le Petit Mercure »).

CONVERSATIONS AVEC PIERRE LHOSTE (« Littérature générale »).

L'AFRICAIN (« Traits et Portraits ») (« Folio », *n° 4250*).

Aux Éditions Stock

DIEGO ET FRIDA (repris en « Folio », *n° 2746*).

GENS DES NUAGES, en collaboration avec Jemia Le Clézio. *Photographies de Bruno Barbey* (repris dans « Folio », *n° 3284*).

Aux Éditions du Seuil

RAGA.

Aux Éditions Skira

HAÏ.

Aux Éditions Arléa

AILLEURS. Entretiens avec Jean-Louis Ezine sur France-Culture.

Composé et achevé d'imprimer
par la Société Nouvelle Firmin-Didot
à Mesnil-sur-l'Estrée, le 20 avril 2007.
Dépôt légal : avril 2007.
Numéro d'imprimeur : 84539.
ISBN 978-2-07-078484-4/Imprimé en France.

151179